재일조선인 문예선 001

내가 가는 길

※ 단어(용어)와 맞춤법은 저자의 창작물임을 고려하여, 최대한
  원문 그대로를 준용하였습니다.

재일조선인 문예선 001

내가 가는 길

초판 1쇄 인쇄 2014년 8월 10일
초판 1쇄 발행 2014년 8월 15일

지은이 정화흠
기 획 이철주
발행인 윤관백
발행처 도서출판 선인

등 록 제5-77호(1998. 11. 4)
주 소 서울특별시 마포구 마포대로 4다길 4
           곳마루 B/D 1층
전 화 02-718-6252, 6257
팩 스 02-718-6253
E-mail sunin72@chol.com
©이철주, 2014

정 가 12,000원
ISBN 978-89-5933-740-8 04800
      978-89-5933-739-2 (세트)

■ 잘못된 책은 교환해 드립니다.

재일조선인 문예선 001

내가 가는 길

정화흠 저

도서출판 선인

발간사

　　'북'을 조국으로, '남'을 고향으로 두고 사는 이들이 있습니다. 국적난에 '조선적'이라 명기하고 국제법상 무국적자로 사는 재일조선인들입니다. 일제 시절 강제 징용 등 이러저러한 이유로 일본으로 가서, 여지껏 분단 이전의 국가인 명목상의 '조선적'을 유지한 채 통일 조국을 염원하고 있는 재일동포들입니다.

　　대한민국에서/ 나에게 보낸/ 통지가 왔다
　　일제와 싸우다가 희생되신/ 우리 할아버지의
　　유공자 넘금을 받게 된다고
　　그 뒤에 또 통지가 왔다/ 국적을 바꾸어야 받게 된다고
　　그 뒤에는/ 내가 보낸/ 통지가 갔다
　　그때의 할아버지들/ 대한독립 만세 불렀는가/
　　조선독립 만세 불렀는가
　　그때부터 만세도/ 따로따로 불렀던가/ 이런 꼴 보자고

　　재일조선인 시인 정화수 선생이 〈통지〉라는 시에서 갈파했듯이 재일조선인들은 누구보다 생생하게 분단의 현실에 살고 있습니다. 특히나 식민지 시절이 여전한 일본의 한복판에서 차별과 멸시 그리고 회유로 점철된 일본의 동화정책에 대항해 민족성을 지키기 위한 피눈물 나는 투쟁을 이어나가고 있습니다. 그 선봉에 우리말로 창작된 재일조선인 시문학이 있습니다.

　　그간 분단에 따른 이념적인 문제로 재일조선인 문

학은 상대적으로 평가 절하된 감이 없지 않습니다. 우리말 창작을 하는 재일조선인 문학가들이 총련 산하 재일본조선문학예술가동맹(문예동)에 가입되어 있어서 소통과 교류가 쉽지 않아 연구조차 미비한 실정입니다. 북측을 따르는 '송가'와 그 노선을 지지하는 '선전과 계몽' 등의 작품을 남측에서 수용하기가 어려웠던 면도 있습니다. 해방을 맞아 당시 일본에 남아 있는 동포들의 권익과 특히 재일 민족교육과 민족예술에 지속적으로 지원을 한 북을, '생명수'를 보내준 조국으로 여기는 재일조선인들의 역사적 사실에 기인할 때 이해할 수 있는 사실임에도 불구하고 말입니다.

예술도 사회적 산물인 바, 재일의 시들도 지난 2000년을 넘어 오면서 민족성을 강조하고 분단 극복의 지향이 뚜렷해지면서, 또 '조선학교'가 널리 알려지면서 '통일문학'으로 주목을 받기 시작했습니다. 학계에서는 '디아스포라 문학'이라는 관점에서 연구가 이루어지고 있습니다. 분단과 이념을 극복하고 민족적 관점에서 통일을 논하자는 담론이 보편화되면서 서로를 있는 그대로 인정하고 동질성을 회복하여 민족적 통일을 이룩해나가자는 취지에서, 오랜 인고와 분투 속에서 힘겹게 일궈온 재일의 문학적 성과 역시 정당한 대우를 받고 민족문학사의 범주에서 다루어져야 한다는 주장도 힘을 얻고 있습니다.

한편 제가 북측의 유일한 국립해외예술단이자 재일 최고의 동포예술단체인 '금강산가극단'의 서울 공연 제작을 계기로 재일과 교류를 한 지가 올해로 10년이 됩니다. 그 기간 동안 재일조선인 1세 예술가들이 하나둘 세상을 뜨셨습니다. 직업적인 소명의식과 더불어 더 늦기 전에 민족문화사에 '기록'으로 남겨야 한다고 판단을 하였습니다. 작품들이 예술가의 죽음과 함께 소멸된다면 정말로 큰 손실이 아닐 수가 없습니다.

이러한 이유로 기획한 것이 재일조선인 시선집입니다. 그 첫 번째 성과가 재일조선인 시의 전형이 되는 정화흠 시선집입니다. '절절한 망향의 정감과 세련된 시적 형상'으로 재일조선인들의 역사 인식과 주제 의식을 두루 살필 수 있는 정화흠 선생의 시들이 우리에게도 많은 '울림'을 주리라 기대합니다. 이것을 통해 우리가 '모르거나 외면했던' 재일조선인의 역사와 삶을 알아 가는 데도 크게 기여하리라 생각합니다. 또 구순을 넘으신 시인에게 드리는 '작은' 선물이 되었으면 하는 소망입니다.

끝으로 늘 재일 문예 사업에 든든한 버팀목이 되어 주고 계신 문예동의 김정수 위원장과 시집 출판에 열정적으로 협력해 주시는 〈종소리〉대표 오홍심 시인, 후학으로서 쉽지 않았을 시평을 써주신 동경 소재 조선대학교 손지원 교수께 감사하고 있습니다. 그리고 지난 10년 동안 한결같이 재일조선인 문화와 예술을 배워 가는데 길라잡이가 되어 주신 정상진(문예동 음악부장), 리용훈(문예동 미술부장) 두 분 형님께 '뜨거운' 마음을 전합니다. 물론 흔쾌히 '길동무'가 되어 주신 선인출판사 측에도 고마움을 전합니다.

이철주(문화기획자)

차례

1부_념원(1985)

1부

념 원

1985

혈맥을 잇자, 지맥을 잇자

1981. 9

그날의 하늘은
청모시같이 푸르고
그날의 땅은
꿈속같이 고울것이다

꽃은 향기를 뿜고
수림은 환희로 설레이고
산은 산마다 온통
무지개로 아롱져 빛날것이다

양서방도 없어지고
왜서방도 없어지고
살인마도 오적촌도 없어진 강토
오천만이 화목하게 삶을 즐기는
아, 그날이 오면 얼마나 좋으랴

얼마나 좋으랴 그날이 오면
4.19의 령혼들도 좋아할게다
광주땅 고혼들도 춤을 출게다

한평생 칡뿌리로 살아온 로인들도
죽지 않고 살아옴을 기뻐하면서
주먹같은 눈물을 뚝뚝 떨굴게다

아직은 못다 마른 피젖은 거리에도
꽃은 만발하여 꽃가루 흩날리고
꿈많던 새별눈에 원한을 담고
총탄에 쓰러진 열두살 소년도
못다 부른 꿈노래 땅속에서 부를게다

사상을 론하지 말라
제도를 론하지 말라
강토와 민족이 없어진 곳에
사상이면 무엇하고
제도이면 무엇하랴

혈맥을 잇자
지맥을 잇자
이대로 어이 살랴

남편 잃은 녀인들아
아들 잃은 아비들아
보낼 길 없는 편지 밤마다 쓰는
주름깊은 얼굴들아, 애타는 가슴들아

피는 물보다 진하단다
헤여져 살수 없는 하나의 민족들아
갈라진 조국땅을 이대로 물려주면
우리의 먼 후예들이
오늘의 우리들을 무어라 욕하리

단결하고 합작하여
지맥을 잇자
남의 땅 하늘아래 사는 사람들아
고향 모른 자식들의 머리를 쓸며
입술을 깨무는 동포들아
우리의 할아버지 얼굴을 닮고
우리의 아버지 얼굴을 닮은
모든 형제들아 겨레들아

혈맥을 잇자
지맥을 잇자
그날의 하늘을 위하여!
그날의 땅을 위하여!

무주고혼

1984. 2

여기에
주검 하나
고요히 누워있습니다.

눈덮인 판자집
어두운 방안에
말없이 홀로 누워있습니다.

– 통일아 어서 오라
　 고향가서 죽고 싶다 –
노상 하던 그 소리
이젠 삭풍에 흩어지고

우묵한 두눈에
눈물을 가득 담고
한많은 이 세상을
하직하였습니다

나라 없는 탓으로
일본땅에 끌려와

두고 온 고향이 눈에 어리며
남모르게 가슴을 쥐여뜯으며
입술을 깨물던 그였습니다

고향을 빼앗기고
청춘도 빼앗기고
슬픔과 괴로움과 서러움속에
꽃씨같던 그 마음
한번도 못피운채

안해도 없이
자식도 없이
60여년 걷고걸은 종착지가
한많은 이역의 땅속이 될줄이야

말하여다오
고향이여
형제들이여
무슨 수의를 그에게 입혀야
눈물씻고 고이 잠들 수 있겠는지…

피는 물보다 진하다고
1984.10

저 소리를 듣습니까
구호물자 가득 싣고
하늘땅을 울리며
분계선을 넘어서는
저 경적소리를

그 누가 말했습니까
피는 물보다 진하다고…

갈라져살아도
우리는 한민족
하늘땅을 가르고 바다를 가른대도
가를수 없는 것은 피줄입니다

가물면 가물걱정
비오면 홍수걱정
보리고개 다가오면
어린이걱정
어느 한시도 잊은적이 없습니다

그 누가 말했습니까
피는 물보다 진하다고…

진정 우리는 잊은적이 없습니다
한포기 모를 꽂고
한치 천을 짤 때에도
하루일을 끝마치고 집에 돌아와
가족들과 저녁상을 마주할 때도

그 누라 말했습니까
피는 물보다 진하다고…

아, 들려옵니다
귀를 강구면
구호물자 받아안은
남녘땅 형제들의
웃음소리
환호소리
감격의 만세소리

쌀을 받은 아이들이 춤을 춥니다
천을 안은 녀인들이 눈시울을 적십니다
로인들은 눈물글썽 머리를 끄덕이며
맑고푸른 북녘하늘 우러릅니다

그 누가 말했습니까
피는 물보다 진하다고…

진정 그렇습니다
오늘의 증언앞에
그 무슨 말로 대꾸하리까
말마시라 이제부터는
남북의 장벽은 뚫을수 없다곤
끊어진 피줄은 이을수 없다곤

보 리

1980. 12

너희들은 푸른 생명
찬바람에 나뭇잎 떨어지고
들국화 찬서리에 머리를 수그려도
너희들은 대지에 뿌리를 박고
솔잎같이 새파랗게 머리를 들었구나

별들도 하늘에 얼어붙은 밤
아름드리 박달나무 터갈라져도
장하여라 너희들은 팔짱을 끼고
새말간 얼굴로 웃음을 띠우고…

눈보라 아침저녁 휘몰아치고
칼날같은 찬바람이 온 종일
너희들을 사정없이 후려갈겨도
보리여 너희들은
그 푸른 생명만은 잃지 않았더라

눈보라 멎을 날은 그 언제…
하지만 너희들은

오히려 웃으면서 그리는구나
종다리 하늘높이 지저귀는 날
대지에 물결치는 푸른 보리바다를

아, 보리여
푸른 생명이여
너희들은 불굴의 투사!
죽음을 이겨가며 새봄을 그리며
싸움을 이어가는 남녘땅 청춘들
그들의 의로운 모습이 아니런가!

환갑잔치

1983. 3

친구야!
그대는 축전을 쳤지
나의 환갑을 축하한다고

하지만 친구야
환갑은 그만 뒀네
마음과 뜻이 통하는
몇몇 친구 모아놓고
막걸리 한잔쯤은 나누려고 했지만

오해를 말게
내가 환갑을 안한 것은
시간이 없어서가 아니라네
가난이 죄여서도 아니라네

나는 이때까지
생일을 한적이 없네
부모의 사랑으로 돌잔치는 몰라도
철이 들자부터는 이날까지

글쎄, 친구야
임자없는 개같이
이리저리 쫓기여
태여난 생일마저 잊었던 내가
이제 와서 어떻게 잔치를 한담

하물며 밤이면 꿈길속에서
부모님의 원혼이 피울음 울며
어서 오라 창문을 두드리는데
내 무슨 얼굴로 환갑잔치를…

나는 자식들에게 말했네
환갑이고 잔치고 그만 두라고
조국이 하나로 이어진 날
고향가서 환갑상을 받겠노라고

진정일세 친구야
내 반백머리
칠흑같이 검어지고

내 휘여진 잔등
전보대같이 곧아진대도
이대로는 축전을 받을수 없네

친구야
환갑축전 쳐준 다정한 친구야
이 몸 한번 식어지면
저 침묵하는 산속에 외로이 묻혀
다시는 그대 손을 잡을수 없고
다시는 그대 축전 받을수도 없지만…

어버이 사랑

1981. 10

다닥다닥 판자집이
즐비한 골목
이 밤도 바람은 비를 몰고
벽이며 지붕이며 사정없이 치는데
숨가쁘게 찾아온 이 동네 분회장

《하 할머님!
조국을 방문한 영철동무가
어버이수령님을 만나뵈였습니다》
《조선신보》 펼치며 동네분회장
위대한 수령님 모시고 찍은
영철이의 사진을 손짚는다

어디 어디 ?
서랍을 연다
재봉함을 뒤적인다
숨가쁘게 찾아낸 돋보기안경
떨리는 두손으로 코허리에 걸고서
할머니는 정신없이 사진을 보네

할머니는 그만 눈물 짓네
주먹같은 눈물을 뚝뚝 떨구며
멍하니 한곳을 바라보네
팔자를 한탄하며 하늘을 흘기던
영철이의 어린 시절 생각하는가

무슨짓을 안했으랴
새벽마다 배고파 우는 영철이
그 작은 창자를 채워주기 위해서는
무슨일을 가렸으랴
부모를 일찍 여윈 불쌍한 손자
영철이를 학교에 보내기 위해서는

그러나 모자랐네
두팔을 못뻗는 이 땅에서는
땅을 치면서 설음도 홀로
하늘을 저주하며 눈물도 홀로
할머니와 영철이는
살아서도 죽음같은 목숨이었다네

그 목숨 건져주시고
영철이를 대학까지 보내주신
하늘보다 드높은 수령님의 사랑
그 사랑에 목이 메여
이 밤도 늦도록 잠못이루는데
어찌하여 아, 어찌하여
기념사진까지 함께 찍어주시는지…

목이 메인다
눈앞이 흐려진다
이런 사랑, 이런 은정
이 세상에 또 어데 있는지…
할머니는 참지 못해 문을 열고
울음을 터뜨리며 밖을 나가네

어느덧 비도 멎고 바람은 잠자고
하늘엔 휘영청 달이 밝아
처마끝엔 은구슬이 진주로 빛나고
이 밤의 기쁜 소식 축복하는가

어디선가 풀벌레 금방울을 울리네

아, 이 세상 모든 행복
혼자 지닌 듯
푸른 광채속에 몸을 묻고
할머니는 밝은 달 바라보네
달빛속에 수령님의 영상을 그리면서
소리없이 눈물짓네
눈물속에 소리없이 수령님을 노래하네

불도가니
1980. 11

여기는 도꾜
자랑많은 우리의 문화회관
사람들은 흥분의 최고봉을
흔히 《불도가니》에 비기건만
진정 불도가니를 보고싶거든
여기로 달려오라

불같은 심장들이
수령님께 드리는 충성의 보고
자랑과 긍지로 불꽃이 튕기는
문자 그대로의 충성의 불도가니

나이와 얼굴은 서로 달라도
마음과 마음들은 오직 하나
충성의 불꽃으로 이글이글 타오르는데
이번에는 박수속에
한 녀성이 등단한다

－저는 교원입니다
  민족이 무엇인지 모르던 저를

위대한 수령 김일성원수님께서
인민교원으로 키워주셨습니다
수령님의 사랑이 없었더라면
아마도 저는, 저는…

가끔 말소리가 흐려짐은
수령님의 그 사랑에 목이 메여선가
속눈섭에 이슬이 반짝임은
충성의 맹세로 가슴이 젖어선가

−그런데 저는
수령님께 기쁨을 드리지 못했습니다
이런 저에게 수령님께서는
이번에 또다시
공훈체육인의 크나큰 영예
이 가슴에 안겨주셨습니다

아 그대였구나
녀성의 몸으로 두 아이 업고 안고

20년의 긴긴 세월
한번의 지각도 결근도 없이
하루같이 학생들을 키워온
언젠가 들은 그 녀교원이

낮은 교원
밤은 성인학교강사
일요일 하루쯤은 쉬고싶었으리
하지만 그날은 문화교실로
두몫 세몫 도맡아 일을 하고도
오히려 고개숙여 수줍어한다던
그 녀교원이 바로 그대였구나

― 녀성이라해서
  아이가 있다해서
  모두가 집안에 들어앉으면
  그 뉘가 학교를 지킨단 말입니까
  저는 제자식의 어머니만 될수 없어요
  이 가슴의 고통이 멎기전에는
  절대로 그럴수는 없습니다

순간 우레같은 박수소리
화산같이 터져오른 환호소리
소박하면서도 그 뜻이 깊어서가 아닌가
대회장을 이토록 뒤흔드는것은

그대는 연단에서 울고있구나
또다시 울려퍼진다
박수소리 우렁찬 환호소리
그대의 그 눈물
밤하늘의 별이 되어 반짝이라고
그대의 티없는 고운 그 마음
꽃이 되여 송이송이 곱게 피라고

진정 대회장은 불도가니
사람들이여
진짜 불도가니를 보고싶거든
여기로 오라!
인간의 고귀한 정신을 알려거든
여기에 심장을 보내라!

평양의 밤
1977.6

대동강이
여기라오
평양이
여기라오

중천에 둥근달
강심에 일렁이고
달빛속에 거리는
불빛의 바다

풀숲엔 풀벌레의
교향곡소리
바람은 버들끝에
춤추는 이 밤
얼마나 황홀한
달밤입니까

사시로 바람부는
남의 땅에서

사무치게 눈에 어려
잠못들던 밤
저 달을 바라보며
나는 그렸소

살아서 못간다면
넋이 되여서라도
저 달을 이고서
평양거리를
가슴을 내밀고
걷겠노라고

아름다운 강토여
평양의 달밤이여
우러르면 아—
몸도 청춘이라오
마음도 청춘이라오

내 고향 진달래야
1979. 4

진달래 진달래야
내 고향 진달래야
이 산 저 산 꽃망울이
벙그는 소리
그 소리에 잠을 깨고
말을 익히던
그것이 몸에 배여 고향입니다

진달래 진달래야
내 고향 진달래야
떨기떨기 곱게 핀
가지 아래서
어머님 빚어주던
진달래꽃전
그것이 아니잊혀 고향입니다

진달래 진달래
내 고향 진달래야
해저무는 산간마을

진달래 꺾어들고
닐리리 버들피리
구슬피 불던
그것이 눈에 어려 고향입니다

진달래 진달래야
내 고향 진달래야
한번 떠나오면
그리도 멀고
밤이면 고요히
꿈길을 밟고오는
그것이 고향이라 눈물입니다

살어리랏다

1981. 4

살어리 살어리
청산에 살어리
어쩌자고 청산은
저리도 부르느뇨

돌짬에 호박심고
초옥짓고 살자하네
배고프면 머루랑 다래랑 먹고
산새소리 들으면서 함께 살자네

살어리 살어리
바다에 살어리
어쩌자고 바다는
저리도 부르느뇨

외딴섬에 채일치고
모래불에 살자하네
배고프면 나마자기 조개랑 먹고
파도소리 들으면서 함께 살자네

얄리얄리 얄라셩
얄라리 얄라
청산에서 살자하네
바다에서 살자하네

청산도 좋을시고
바다도 좋을시고
내 땅이면 어디서나
살어리랏다

-청청하늘엔 잔별도 많고요-
바다너머 아슬이 하늘가에서
들려오는 노래소리, 고향의 노래
이 몸을 그러안고 놓지를 않소

살어리 살어리 살어리랏다
죽어서도 내 땅에서 살어리랏다
어머니 손잡고 아버지 기다리던
그 옛집에 돌아가 살어리랏다

얄리얄리 얄라셩
얄라리 얄라
어머니 손잡고 아버지 기다리던
그 옛집에 돌아가 살어리랏다

떠나니 말았을걸
1981. 10

창문을 열면
새파란 하늘
산도 들도 보이난
불타는 단풍

아, 가을
생각나누나 고향의 푸른 하늘
떠나서 못본지
몇십년이 되느뇨

보고싶어라 내 고향 푸른 하늘
황금나락 물결치는 논뚝길을 걸으며
메뚜기 함께 잡던
소꿉시절 동무들아

가고싶어라
단풍잎 붉게 타던 앞산기슭
새파란 하늘아래 꿈은 익어서
가슴이 공처럼 부풀던 그 곳

말하여다오
말하여다오
한번 떠나오면 그리도 멀고
기약할수 없는 것이 고향이런가

떠나지 말았을걸
떠나지 말았을걸
허리띠를 졸라매고
칡뿌리를 씹드래도

떠나지 말았을걸
떠나지 말았을걸
조상이 끼친 터를
베고 누웠을걸

미여지는 가슴이여
치솟는 울분이여
새파란 하늘에서
비가 내리네

내가 웁니다
1980. 6

강건너 저쪽은
남녘이라오
봉우리 봉울리
산봉우리
저녁하늘아래
그리운 산봉우리

부르면 화답하고
이 가슴에 안겨올 듯
눈물속에 어리는
내 고향 산봉우리

하지만 한걸음도
못간답니다
산은 머리들고
저토록 부르고
수림은 다가와서
이리도 손짓건만

한걸음도 앞으론

못간답니다
이것이 한평생
그리도 사랑하고
꿈속에도 불러보던
내 땅이랍니다

한여름도 여기는
겨울이라오
서산에 기우는
해를 지고서
표말을 그러안고
내가 웁니다

한숨과 눈물과
설음과 분노로
죽은 자의 혼백같이
내가 웁니다
입술을 깨물고서
내가 웁니다
– 군사분계선에서

봄은 다시 왔건만

1981. 4

꽃이 피오
잎이 피오
얼음에서 풀리는 시내물들이
봄소식 조잘대며
흘러내리오

아, 봄
봄은 좋은 철
다시 왔건만
생각느니 나에겐 눈물이라오

꽃피고 잎피고
얼음물이 풀려도
나에겐 꽃잎속에
피눈물이 고이오

귀 기울이면 오늘도 들려오오
그리운 고향이
부르는 소리

나를 찾는 귀익은 부름소리
봄이 왔다 말마시라
꽃이 폈다 말마시라
이 가슴에 새봄이 오기전에는
피에 젖은 꽃망울이 피기전에는

꽃은 피여 화산이오
잎은 피여 청산이나
봄이 왔다 말마시라
잎이 폈다 말마시라

빼앗긴 봄을 되찾기전에는!
분계선장벽이 무너지기전에는!

애주가
1984. 10

친구야!
그대는 나를 보고
애주가라 하였지
그러나 나는 애주가가 아닐세

그대의 말처럼 나는
하루일을 끝내면 술을 마시네
맥주도 좋고
정종도 좋고
소주랑 양주면 더더욱 좋아
술이라면 렴치도 외면도 없네
그러나 나는 애주가는 아닐세

바깥에서 마시고도
돌아와선 또 마시네
때로는 안해의 군소리를 들으면서
밤늦도록 병을 안고 혼자 마시네
그러나 나는 애주가는 아닐세

친구야 글쎄
나같은 사람치고
아니마시고 어떻게 한담
지척에 그리운 고향을 두고
실향의 거지된 울분의 화를
아니끄고서 어떻게 산담

예순이 지나면
여생은 괴로운 것
그보다 괴로운 실향의 무덤우에
세월마저 병이 들어 곤죽이 되였으니
멀쩡한 정신으로 어떻게 산담

끈질긴 목숨이라
귀신도 아니오네
낮은 몰라서도
밤쯤이야 잊어야지
그래서 친구야 술을 마시네

술을 아니마시고 살수 있다면
그것은 사람에게 더없는 행복일세
나는 마시겠네
내가 살다 가는 마지막길에도—
그러나 친구야 부디 말말게
내가 죽은 뒤에도 애주가였다곤

돌멩이
1984. 4

너는 더위를 모른다
너는 추위를 모른다

너는 날개가 없어도 날수 있고
너는 활이 없어도 쏜살이 된다

언젠가는 더운날
망녕한 늙은이의 뒤통수를 갈기였고

언젠가는 겨울날
검은 안경 쓴 놈의 이마팍을 박살내였다

한번 있은 일은 두번 있고
두번 있은 일은 세번 있는법

보라, 눈앞에 있지 않나
민대머리 그 놈의 박같은 대갈통이

그대들은 살아있습니다

1983.5

그대들은 갔어도
그대들은 살아있습니다

5월이 가도
5월이 오고
진달래 져도
다시 피듯이
그대들은 영원히
우리곁에 살아있습니다

그 누가 말하겠습니까
그대들의 죽음을
허황하게 사라진 메아리였다고
우리곁 멀리 멀리
물우에 흘러간 꽃잎이였다고

그대들은 말이 없어도
우리의 가슴속
가장 깊은 곳에

영생하는 꽃씨를 뿌려주었습니다

그렇습니다
원쑤를 노리여 뛰던 그 맥박으로
우리의 가슴속에 심어주었습니다
눈서리속에서도
봄날같이 새싹은 터서
영원히 피여있을 그 꽃씨를

그대들이여 귀를 기울이시라
그대들이 심어준 꽃씨로하여
주먹으로 눈물만 훔치던 형제들이
오늘은 기발처럼 나붓기고
자유를 절규하던 그날의 노래가
다시 메아리치고있지 않습니까

말마시라 그대들이여
진달래 피여서
그날이 그립고

진달래 피여서
서러운 강산이라고

지금은 5월
못다하고 간 그대들의 이야기
못다부르고 간 그대들의 노래
산야를 덮는 저 록음처럼
이제 온 남녘땅을 덮을것입니다

후회
1983. 3

매미는
이레면 죽고
하루살이는
하루를 살고 죽는다

그러나
찰나의 그 시각에도
새끼치고 날으며 노래부르며
제가 맡은 할 일은
다 하고 죽는다

아, 나는 사람
예순이나 이날까지
무엇을 했느뇨
아직도 내가 할 일
다 못했구려

꽃은 피고지고 또 피지만
인생은 두 번 다시 아니오는 법

고칠수 다시 없는 나의 인생이여
천추를 두고 남을 나의 후회여

그대들아 명심하라
안일을 삼가라
젊어서 제할 일 다 못하면
늙어서 옹이 되여 눈물이란걸

일거량득

1974. 2

아침 출근시각
마누라가
기운 양말을 내민다

－*여보!*
 성한 것은 없소?

따스면 된단다
구두를 신으면 남은 알리 없단다

－*오늘 박동무네집에 들려야겠는데…*

퇴마루에 걸터앉아 일을 보란다
그 집도 편해 좋고
나도 편해 좋단다

일거량득!?

꿈은 해몽에 달렸고

기운 양말은 해설에 달렸구려

래일도 아마 기운 양말
변함없는 내 생활에
해님이 빙그레
땅이 빙그레

흑백

1984. 10

어떤 사람은
나를 사랑합니다
어떤 사람은
나를 미워합니다
사랑과 미움의 교차점에서
지금은 말없이 내가 삽니다

웃어야 좋을지
울어야 좋을지
하늘을 쳐다보면
가던 구름이
핑글핑글 나를 보고 웃어댑니다

여보소, 글쎄
나는 도둑질을 한적이 없습니다
나는 사람을 죽인적이 없습니다
나는 사람을 뜯은적도 없습니다

있다면 그것은

노상 내가 하는 말
검은것은 검고
흰것은 희고
검은것과 흰것은
다르다는것

검은것은 검고
흰것은 희다는게
그것이 당신께서 미움이라면
나는 미움의 덩굴속에서
웃으며 한평생 얽혀 살렵니다

어머니란 말

1982. 2

열일곱 나이로
2월의 어느날
시집이 무엇인지 뜻도 모르고
연지 찍고 가마타고
시집온 어머니

그날부터 생활이 눈물이었단다
세월에 속고
목화에 속고
꿈많던 가슴우엔 서리가 내려
늦가을 꽃잎같이 시들어갔단다

먹지도 입지도 못하는 세월
피땀을 빨다가 껍질만 남은 몸
그러나 마음만은 꽃씨같아
노래하면 들국화도 쌍쌍이 웃었단다

그 어머니를
나는 모른다

얼굴도 웃음도
서글픈 전설도―

내 나이 네살
한송이 두송이 눈내리던 아침
슬프게 나서 슬프게 살다
스물다섯의 애젊은 나이로
나의 손잡고 운명하신 어머니

아, 그날부터
나는 줄을 떠난 외기러기신세
만리 이국에서
이제 다시 생각하는 어머니란 말
눈물속에 더듬는 어머니사랑

자식을 키워놓고
흰것이 고이 내려
다시금 심장으로 생각함이여
어머니란 말속에 스며있는 사랑
사랑속에 고이 스민 어머니란 말을

김서방아! 박서방아!
1982.9

김서방아! 박서방아!
수심가도 좋고
청춘가도 좋네만
평화란 노래만은
제발 그만 두세나

술상을 마주하는
이 순간에도
중천에 섬광이 번쩍할 때면
고층건물이 무너진다네
팔뚝같은 철근이
엿가락같이 굽어진다네

김서방아! 박서방아!
아무리 취해서도
평화란 노래만은
제발 그만 두세나

글쎄, 이 순간에도

지구의 어디선가 한방 터지면
모든 운동이 정지된다네
사랑도 의리도 슬픔도 기쁨도
자랑하는 인류의 유구한 문화도
순시에 흔적조차 없어진다네

김서방아! 박서방아!
이것은 잠꼬대가 아니라네
자주 들으면 짜증도 나겠소만
잠시 고개를 들고
저기를 보세나

보이지 않소
지구의 모든 경도 모든 위도우에서
량심도 위선도 홀딱 벗어던지고
원수폭을 공처럼 희롱하면서
미친 듯이 웃어대는 저 양키들이

저것들은 그냥두고

음풍영월하겠소?
이왕이면 여보소
김서방아! 박서방아!
《반미》《반핵》의 노래를 부르세나

자식들이 뭐라겠소
우리의 먼 후예들이
오늘의 우리들을 뭐라하겠소
부를테면 저가락이 부러지도록
술상을 두르리며 목구멍이 터지도록
《반미》《반핵》의 노래를 부르세나

내가 사는 일본땅은

1972.2

살기가 좋다더라
살기가 싫다더라
살다보니 사는게지
어쩔수 없다더라

배곯아 울면서도
살기가 좋다더라
배불리 먹고서도
살기가 싫다더라

한편은 돈이 없어
목을 달아매는데
한편은 돈이 남아
술판을 벌리는데
외면하고 사는 것이
사람이런지

옳은것이 무엇인지
그른것이 무엇인지

남이야 죽든 살든
물속으로 뛰여들든
제혼자만 잘 살면
제일이란다

울면서 사는 사람
웃으면서 사는 사람
죽지 못해 사는 사람
살지 못해 죽는 사람
이것이 내가 사는
일본이란다

죽음도 자유란다
삶도 자유란다
자유가 하도 좋아
죽어가는 땅
이것이 내가 사는
일본이란다

괴상한 소리

삼복철 이 더위에
괴상한 소리
문부성 창너머로
도깨비 여울물 건너는 소리

흰것을 검다면서
검은것을 희다면서
그 옛날을 꿈꾸며 점통을 흔들며
《 진출 》《 진출 》 요란스레 떠드는 소리

가소롭기 짝이 없네
달나라를 오가는 이 세상에
물에 빠진 생쥐도 생글생글 웃을 소리
저승에서 리완용도 기막혀 웃을 소리

여우도 백년가야 둔갑을 한다는데
40년도 못가서 둔갑하는 소리
남의 땅을 총칼로 통채로 삼키고도
너희들의 눈에는 《 진출 》로 보이고

나라의 독립 위한 성스런 투쟁이
너희들겐 《폭동》으로 보인다는것이냐

또 무슨 소리
자다가 봉창 두드리는 소리
검은것을 검다함이
《내정간섭》?
도적이 매를 드네
곰배팔이 꼴값하네

썩은 창부일수록
분칠을 잘하는 법
하지만 분칠해도 창부는 창부
한껍질 벗기면 본낯싹이 들어나는걸

너희들아 명심하라
지난 날의 조선이 아니란걸
째진 입이라고 함부로 놀리면
몽둥이찜질이 기다린다는걸

통일의 그날이여 어서 오너라

고국산천 떠나온지 몇십년이냐
손꼽아 헤아리니 청춘은 백발
상기도 밤이 되면 하늘가에서
어서 오라 어머님이 나를 부르오

고향길은 바다건너 멀고 멀지만
잠이 들면 어느새 지척이라오
간밤에도 꿈결속에 옛집을 찾아
어머님 치마폭에 낯을 묻었소

잠을 깨면 이 아침도 남의 하늘밑
내가 누워 잠들곳은 그 어디냐
흐르는 이 눈물이 마르기전에
통일의 그날이여 어서 오너라

박로인댁의 자랑

여보소 동포네들 이자랑을 들어보소
우리분회 박동포는 글모르는 동포였소
해가지면 한잔하고 신세타령 일수더니
예순살에 글을배워 세월좋다 노래하오

박로인이 눈을뜨니 온가족이 달라졌소
일본문패 달던문에 조선문패 높이걸고
큰아들은 성인학교 손자들은 우리학교
둘째아들 셋째딸은 조청원이 되었다오

한푼돈을 쪼개쓰던 박로인의 안로친은
둘째아들 장가들돈 조직위해 바치고서
오월이라 단오날에 술도하고 떡도하여
꽃방석에 분회일군 앉혀놓고 권한다오

둥기당당 장고소조 목청좋다 노래소조
사무소는 밤이되면 웃음꽃이 만발한데
박로인의 큰며느리 장고치는 거동보소
춤을추면 나비같고 노래하면 꾀꼴새요

수령님의 은덕으로 얼을찾은 박씨로인
며느리의 장고장단 분회장의 손장단에
세월좋다 가지말라 이팔청춘 다시왔소
안로친과 손을잡고 노래하며 춤을추오

우리 분회 어머니들

밤은 깊어 저 하늘에 은하수는 기울어도
우리 분회 창가에는 불빛이 흐른다네
아— 이 밤에도 어머니들 모여앉아
수령님의 혁명사상 가슴마다 새긴다오

모범분회 그 자랑은 달빛같이 넘쳐나고
너도나도 돕는 마음 별과 같이 빛이 나네
아— 지난 세월 눈물많던 우리 녀성
떨기떨기 꽃이 되여 향기 가득 넘친다오

노래소리 글소리는 날을 따라 높아가고
동포들의 가슴에는 기쁨이 넘실넘실
아— 자랑높은 우리 분회 녀성들이
모범분회 그 영예를 충성으로 꽃피우오

2부

민들레꽃
2000

산에 오르면

1986. 6

산에 오르면
구암산 묵밭에서
고사리 꺾던 일 생각난다

바구니 허리에 차고
코노래 부르며 고사리꺾던
얼굴조차 아름한
어머니생각

그 어머니 등에서
떼를 쓰며 졸라대던
젖먹이동생
지금은 어데서 무엇을 하고있는지

아, 인생갑자 넘어서
고사리추억
구암산 묵밭의
고사리생각

추석날 밤
1986. 9

추석날 밤
초불을 켜고
형님 초상화앞에
술잔을 올린다

형님은 말없이 웃기만 한다
그리도 좋아하던
술은 본체만체로—

밤은 깊은데
형님은 늘쌍 웃기만 하고
나는 늘쌍 울기만 하고—

풀벌레 우는 소리
새벽을 고하는
먼 종소리

초불도 가고
밤도 가고

가슴엔 허옇게 재만 남아―

서글피 웃음 짓는다
나는 술잔을 보고서
술잔은 나를 보고서

우습지 않습니까

1988.8

우습지 않습니까

《 7.7선언 》 내놓고서
민주세력 탄압하고
자유세계 고창하며
자유인사 구금하는…

우습지 않습니까

초청장을 전달하고
초청된자 잡아가고
북남교류 고아대며
교류자를 체포하는…

이것은 주객전도
똥싼놈이 성을 내고
도적이 매를 든격

무엇이 다릅니까

예나 이제나
양대가리 걸어놓고
개고기 팔듯
통일간판 걸어놓고
《 두개 조선 》 꾀하는…

분렬의 장본인이 누구인가도
어쩌면 통일이 빠른가도
누구보다 횅하게 알면서도
양서방에 빌붙어서
발바닥도 핥아주는…

승만이도 그랬고
박서방도 그랬고
백담사로 도망친
전서방도 그랬고

무엇이 다릅니까
예나 이제나

우습지 않습니까
《 보통사람 》로서방아

자네, 아나?

1988.9

자네 아나?
이 땅
일본의 수수께끼를

남의 땅을 군화로 짓밟고서
돈을 긁어가고
쌀을 털어가고
이름 석자까지 빼앗아가던
그 망령들의 수수께끼 말일세

언젠가는
《 우물속에 독약을 쳤다 》면서
우리 겨레들을 무데기로 죽이고
몇해전은
《 마유미 》와 《 은혜 》를 무대에 세워
광대놀음 연출도 제법이더니

이번엔 뭐?
총련이 《 위험한 단체 》?

자네,
이 수수께끼를 아나?

제집에서 불났으면
제조상을 탓할거지
익은 밥 먹고서
무슨 선소릴
거짓말도 백번하면
참말이 된다던
히틀러의 신세를
아직도 모르나봐

분명 누가 《위험》 하고
진정 누가 남의 나라 내정을 간섭하는지
그리고 그게 누군지
자네 아나?

하지만 그는 왔습니다
1989. 7

돌아가면
어두운 철창이 기다립니다
살을 뜯는 악형이 기다립니다

하지만 그는 왔습니다
스무살 꽃나이에
죽음을 각오하고
사선을 뚫고서 평양에 왔습니다

아, 그는 왔습니다
작은 그 몸에
그리도 무거운 임무를 지니고
걸어서도 이틀이면 닿을곳을
수천만리 지구의 한끝을 에돌아서

보시라 그가
이제 벗들과 어깨를 겯고
5월1일경기장을 행진합니다
싸우는 청년들의 이름으로

온 남녀학생들의 이름으로
15만 관중앞을 나아갑니다

장하도다
그대 림수경학생이여
자랑하노라 그대 조선의 처녀여
그대는 말했습니다
남도 북도 같은 조국이라고
축전이 끝나면
백두에서 한나까지 종단한다고
그 어떤 장벽이 가로막아도
기어이 판문점을 거쳐돌아간다고

그 무엇이 작은 가슴에
그렇듯 큰 힘을 주었는지
첩첩히 다가선 사선을 넘고서도
땀절인 의복도 바꿀새 없이
태산같은 임무를 치르고도
어딘가 모자라듯 가슴을 조이면서

다시금 래일을 결심하는…

아, 그대 조선의 딸이여
그대의 결심
조선이 찬양합니다
온 세계 량심들이 박수를 보냅니다
《반제》와《평화》의 기발을 들고
영원히 분렬없는 금수강산
《하나의 조선》을 소리높이 웨치면서

소리
1989. 12

산에는 눈오는 소리
들에는 바람부는 소리
거리에는 《성탄가》 소리

눈을 감고
걸음을 멈추면
불꺼진 가슴에 세월가는 소리

아 고향떠난 반세기
백발을 스치는 바람소리가
어서 가잔다, 고향 가잔다

봄아가씨

1990.3

먼 산엔 아직도
눈 날리는데
봄아가씨 아장아장 걸어옵니다

해마다 눈물속에
오고가더니
올해는 꿈을 안고 찾아옵니다

끊어진 지맥을
어어주려나
구곡간장 맺힌 시름 풀어주려나

먼산엔 아직도
눈 날리는데
봄아가씨 저기저기 걸어옵니다

초록색 치맛자락
하느적이며
잠든 씨앗 한알두알 깨워가면서

희소식 꽃소식
가득 안고서
원한삼천리를 찾아옵니다

물결치는 통일기발

1991.10

물결치는 통일바람
나래치는 민족기상
세계의 이목이 쏠리는 여기
나는 보았노라, 친구여
대대로 조상들이 전해온 말
피는 물보다 진하단것을

세월의 찬서리에 백발된 생애들이
젊음을 되찾아 기발처럼 나붓기고
향수에 얼어붙은 가슴들에서
천길 샘물이 용솟음칩니다

남북의 탁구공이 하나가 되여
열광속에 장내를 오고가고
손을 잡은 감격과 통일의 열망이
바다처럼 장내에 설레이는 경기장

친구도 보았으리라
하나된 자랑을 안고

장내에 굽이치는 통일의 기발
민족의 노래《아리랑》속에
승리를 거듭하는 코리아팀을

아, 꿈이랴 생시이랴
어둡던 계절이 물러섭니다
동트는 아침의 노을처럼
그리운 이름– 통일의 새 아침이
파란 지도우에 비껴듭니다

이제는 확실히 오고있습니다
피타게 외워오던 통일의 새날이
가로막힌 장벽이 허물어지고
쌍무지개 황홀한 저 너머에
자유로이 오갈 날이 저만치 보입니다

친구여, 그대도 느꼈으리라
이방인이 없으면 그리도 좋고
우리끼리 모이면 이리도 정다움을

남이건 북이건
총련이건 민단이건
예로부터 우리는 한피줄 한겨레

이제부터는
지난날을 묻지 마세나
서로 아픈 상처 감싸주며
잘된것 못된것 제도의 시비랑
모두다 후여후여 새떼 내몰듯
저 하늘가에 날려보내고
오직 하나만을 생각하세나

서로가 인생갑자 넘은 나이에
돌이 된들 어떠랴
하나로 안아올린 저 기발처럼
하나의 조국을 받드세나
오늘도 래일도 영원히 영원히

－국제탁구경기장에서

그리운 동생에게

1991. 12

동생아
가깝고도 먼 동생아
그게 벌써 50년이 지났구나
3년이면 돌아오마 너에게 약속하고
눈내리는 고향길을 떠난 것이

지금은 깊은 밤
흐려가는 두 눈을 비비면서
처음으로 너에게 편지를 쓴다
반백이 되었을 너의 모습
소딱지머리철에 겹쳐보면서

하긴 얼마나 기다렸겠니
소식 한번 전하지 못한 이 형을

마음이 지척이면… 말은 있다만
살다보니 고초당초 사연도 많더란다
너 자갈밭에 보리씨 뿌린 얘기
내 살길 찾아 일본으로 건너온 얘기

그런것 저런것 그만 덮어두고
오늘은 좋은 얘기 전하려 한다

그래 동생아
너도 이미 알겠지만
이젠 올것같구나
너 그리도 목마르게 바라고
내 크토록 피타게 기다리던
꽹과리, 징, 장구, 소구, 북 들고나와
종일토록 놀자던 그날말이다

글쎄, 언제 한번 이런 일이 있었더냐
북과 남이 마주앉아
나라의 통일과 미래를 위해
이렇게 하나된 뜻을 이루어
세계의 면전에서 도장을 찍은 일이

《북남화해》
《북남불가침》

《북남의 협력, 교류》

얼마나 가슴 뛰고 숨차오르는지
나는 그날밤
지난 세월 생각하며
오는 세월 그리면서
뜬눈으로 온통 밤을 새웠지

하긴 지금도
처음으로 술을 배운 그날처럼
흥분으로 얼굴이 확확 달아서
미친놈처럼 고함을 지르고싶구나

이제부터 나는 그만두련다
남몰래 이불쓰고 흐느끼던 일이랑
때로는 화가 나서 이를 옥물고
붓대로 욕설을 퍼붓던 일이랑

너도 그만두려무나

실망이랑
비관이랑
모두다 저 바다속에 냅다 던지게나

그리고 우리 굳게 믿자구나
합의서에 새겨진 한자한자를
그 글발이 가는곳마다
불신과 오해는 안개처럼 사라지고
쇠붙이는 녹아서
림진강 철다리로 화신할거야

아, 동생아
하고싶은 얘기는 끝이 없고
보고싶은 맘은 한이 없지만
어느새 푸름푸름 날이 밝는구나
북남이 선포한 합의서속에
통일의 새날이 밝아오듯이

나는 죽으면
1991.12

어떤이는 말했습니다
─이 몸이 죽으면 무엇이 될고 하니
락락장송 되어서 독야청청하리라, 고

또 어떤이는 말했습니다
─이 몸이 죽으면 삼수갑산 제비되여
이따금 제집처럼 님의 방에 들리라, 고

나는 죽으면
장송도 되기 싫소 제비도 되기 싫소
오직 시퍼런 불길이 되고싶소

시퍼렇게 치솟는 불길이 되여
분계선 철조망을 쪼박쪼박 삼키고
새파란 하늘이 열리게 하고싶소

내가 가는 길
1993. 4

길은 몇만리
가도가도 끝이 없네

갈거냐 말거냐
끝없는 이 길

고향은 바다너머
아득한 저기

그리움은 추억속에
흘러만 가고

어두운 밤하늘에
검은 총소리

하지만 가야지
기여서라도

기여서 못가면

굴러서라도

끝까지 가야지
내 가는 이 길

굴러서 못가면
넋이 되여서라도

기쁜 밤

1993.10

참으로 기쁜 밤입니다
이런 밤이 오고 또 와서
통일의 아침이 밝아오기를
원하고 또 원하는 밤입니다

만나고싶은 마음
간절한 그 사연
쌓이고 쌓인 가슴들이
마주치는 감격의 밤입니다

근 반세기 서로 불러도
그 소리 아득히 허공에 흩어질뿐
한번도 만날 수 없었던
북의 화가, 남의 화가

서로 손을 굳게 잡고
북이 인사를 합니다
남이 인사를 합니다
이 모임이 불씨가 되여
통일의 홰불이 되기 바란다면서-

남이 노래를 부릅니다
북이 노래를 부릅니다
리별의 세월은 물러가라고
통일이여 어서 오라고

통성없어도 좋은 밤입니다
끊어졌던 혈맥이 이어진 밤입니다
북의 술과 남의 술이 한잔속에서
통일돼서 넘실넘실 춤추는 밤입니다

마음과 마음이 하나가 되여
여기서는 축배소리
통일의 축배소리
저기서는 만세소리
통일의 만세소리

온 장내가 파도처럼 설레입니다
북과 남의 화가들이

재일동포 예술가들이
대렬을 지어 팔장을 끼고
통일을 노래합니다. 춤을 춥니다

아, 이국의 밤하늘에
활화산되여 치솟습니다
참고 참아온
더는 참을수 없는 통일의 념원이

참으로 기쁜 밤입니다
징치고 북치고
꽹과리, 장고도 들고 나와
밤새도록 치고싶은 밤입니다

이런 밤이 오고 또 와서
진정 통일의 새날이
밝아오기 원하는 기쁜 밤입니다
- 《코리아통일미술전》 축하연에서

민들레꽃

1996. 4

친구야
내 친구야
민들레도 꽃이냐고
묻지를 마시라

진달래꽃처럼
개나리꽃처럼
남먼저 새봄을
알려주진 못해서도

모란꽃처럼
장미꽃처럼
송이송이 탐스럽게
피여나진 못해서도

땅속깊이 뿌리묻고
눈서리 이겨내여
웃음 빵긋 피여나는
그 꽃이 아닙니까

메마른 땅에서도
돌짬에서도
후미진 산골짜기 무덤가에서도
뿌리박고 피여나는 꽃이랍니다

지금은 꽃철
하지만 아마도 외면을 하나보다
가난뱅이꽃이라고
앉은뱅이꽃이라고

친구야
내 친구야
민들레가 꽃이냐고
묻지를 마시라

진달래꽃처럼
개나리꽃처럼
남먼저 새봄을
알려주진 못했어도

모란꽃처럼
장미꽃처럼
송이송이 탐스럽게
피여나진 못해서도

나는 노래하렵니다
알아줄이 없어도
피는 그 꽃을
밟힐수록 머리를 쳐드는 그 꽃을

꽃이 지면 머리우에 백발을 이고
무수한 씨앗에 날개를 달아
새 천지 꿈꾸며 하늘을 날으는
전설같은 그 민들레꽃을

국평사에서

1998. 5

소동무도
최동무도
박동무도
목청좋던 서동무도
다 여기에 있다

그날의 홍안
그날의 투지
그날의 지향
그 모든것 어디다 두고
한줌의 재가 되여 물끄러미 나를 보고있다

살아 생전에
고향의 푸른 하늘 바라보자고
허리띠를 졸라메고
호-호- 손을 불며
추야장천 필봉을 벼리던 그들

어느 한시인들 잊었으랴

어린 시절 음성이 에도는 곳
선조들의 백골이 묻혀있는,
밤마다 밤마다 머리맡에 달려와
어서 가자 속삭이던 그 땅을

가고프다고
돌아가고프다고
내 땅, 내 고향을 두고서
어찌 남의 땅에서 잠들수 있겠느냐고
하소하는 그들의 목소리여

희뿌연 하늘아래
다시 봄은 왔어도
그들의 원한이 사무쳤는가
때아닌 찬바람이
절간을 뒤흔든다

묘향산

1999. 7

나는 오른다
물소리를 따라서
새소리를 따라서

오를수록 절경이요
볼수록 절묘로세
깎아지른 절벽은
달려와 표효하고
기암은 다투어 중천을 달리는듯

내려봐도 폭포수
쳐다봐도 폭포수
내리찢는 물줄기는 우뢰가 되여
황홀경에 넋을 잃은
나를 불러일으키네

아, 산아, 묘향산아
너의 미의 시
나는 미친듯이 톺아오른다

내 시속에서 살고파
내 시속에서 죽고파

그날이 온다

여기서는
혈맥마저 끊어졌던
생리별의 겨레들이
부여안고 돌아가는
열광의 춤바다

저기서는
알아보지 못하는
안타까운 얼굴들이
울음으로 통성하는
눈물의 바다

춤바다
눈물바다
상봉의 바다
삼천리가 우쭐우쭐
열광의 광장

70평생 이날 위해

살아온 이 몸
나두야 간다
이제는 머리에 백발을 얹고있을
어릴적에 헤여진 동생을 찾아

이것은 꿈?
아니다!
이것은 이제 곧 다가올 현실
그날이 온다
아, 그날이 온다

3부
낮잠 한번 자고 싶다
2010

시

시는 말이 아닙니다
시는 글이 아닙니다

시는
지심에서 솟아나는
티없이 맑은 샘물입니다
삶의 상상봉에 피여나는
아름다운 꽃입니다

시는 노래가 아닙니다
시는 풍월이 아닙니다

시는
눈물젖은 가슴들을 어루만지며
무르녹은 사랑의 푸른 숲속으로
형태없이 이끌어주는
향기로운 미풍입니다

연

새하얀 종이장에
꼬리를 달고
새파란 설하늘에
높이 뜬 연

줄은 가느다래도
그 어떤
굵다란 힘도
이겨내면서

바람이 불수록
더 높이
줄을 당길수록
더 힘차게

마침내 승천하여
이 세상 제일 먼저
새 세기를 맞이하는
조선연

조선옷

오래간만에
바지저고리를 입어본다
희한도 해라
어느새 옛집을 찾아드는듯
마음이 봄날같이 푸근해진다

앞섶을 여미면
톱이처럼 날카로운 이 세월에
절로 음성이 부드러워지고
아배, 어매, 아제, 아지매
고향사투리도 물이 흐르듯

보소, 이 나이에
등줄기가 이렇게 곧아지고
입맛이 돌아
저녁상에 오른 된장맛이
이렇게 꿀맛같이 달줄이야

입성이란 희한하다

이왕이면 래일아침엔
무명두루마기를 턱 걸치고
한거리로 훨훨 나가보자꾸나

해빙기

바람이 붑니다
천리 변방에도
훈훈한 바람이 붑니다

얼마나 기다리던 이날입니까
북남을 가로막던
두터운 얼음장이
쩡쩡 소리치며 깨여지고

잠자던 산악들이
뿌듯이 허리를 펴고
해빙기를 노래하며 일어섭니다

얼마나 기다리던 이날입니까
사람들은 오랜 세월
추위를 막느라 겹겹이 걸쳤던
낡은 누더기를 벗어던지고

까닭없이 몸에 밴 거친 말이랑

모두다 바람에 날려보내려
얼굴도 환히
서리 낀 창문을 활짝 엽니다

얼마나 기다리던 이날입니까
아, 목이 터질 기쁨이여
말 못할 감격이여
얼음 풀린 가슴속에
만경창파 설렙니다

할미꽃

고향땅 시골에서
편지가 왔습니다
할미꽃동산에 할미꽃 피었다고

잊지 못할 고향의
할미꽃동산
올해도 피였다는 할미꽃 소식

눈감으면 삼삼히 떠오르는
슬픔이 웃음보다 많았던 시절에도
해마다 피여나던 그 할미꽃

젊어서도 할미꽃
늙어서도 할미꽃
허리가 굽어서 그 이름이런지

허리는 굽어서도
굽히지 않는
조선의 할머님의 그 마음씨런지

반만년 기구한 세월속에서도
열두치마폭에 고이 감싸온
먹은 마음 변치 않는 그 절개여

그 절개 지니고 피였습니다
오곡이 열매지는 자지빛옥토
그 빛깔 품고서 피였습니다

할미꽃 할미꽃
내 고향 할미꽃
너를 반겨 나비도 춤을 출테지

사람도 변하고
세월도 변했건만
변함을 모르는 너 할미꽃아

풋고추

고추는 작아도
맵다고 하거니
고추의 노래 어이 길가
땅 좋고 물 맑아
햇빛도 밝아
빛깔 고운 풋고추
입맛 좋은 풋고추

오늘도 저녁상엔 풋고추라
그 맛은 조국의 맛
그 맛을 잃지 않고
내 삶의 한길에서
맵게 살아왔던가
이 작은 풋고추에도
내 한생을 비쳐주는
조선 풋고추

낮잠 한번 자고싶다

38선
비무장지대에
거적대기 깔아놓고
낮잠 한번 자고싶다

텁텁한 막걸리에
얼근히 한잔되여
큰 대자로 누워서
코를 골며 자고싶다

무기 없는 공간인데
무엇이 겁나겠나
뛴들 딩군들
벌거벗고 춤을 춘들

벌떼에 쏘여도 좋다
사슴의 발꿈치에 채여도 좋다
총포 없는 내땅에서
낮잠 한번 자고싶다

망망이랑
야옹이도
함께 데리고

등불

등불입니다
교회당 문턱너머에서
파아란 등불 하나
어둠을 비치며 걸어나왔습니다

홰불처럼 크지도 못하고
전등불처럼 밝지도 못했어도
어두운 세상 조금씩 불사르며
조국통일 불씨를 지펴갔습니다

고요한 안온 거기에 있고
아늑한 잠자리 눈앞에 있건마는
찢어진 조국이 그리도 서러워
굽이굽이 사선이 그어진 길
시대의 험한 길을 택했습니다

걸은 길은 그 얼마
총창의 수풀속도 걸었습니다
분계선 험한 령도 넘었습니다

지옥의 뒤방에도 갔댔습니다

아직은 사람들 가본적없는
저승의 문전에도 가봤습니다
노상 파아란 등불과 함께

그분은 강철의 의지
그분은 민족의 아들
그분은 통일의 등불

아, 그분이 갔습니다
등불이 갔습니다
굽이굽이 수난과 투쟁의 길에
바래고 씻기우고 지치고 밟히여서

그분이 갔습니다
등불과 함께
하지만 등불의 긴긴 여운
천백배 밝은 등대로 삼아

백만 학도들이 나아갑니다
천만 신도들이 나아갑니다
눈물을 삼키며 입술을 깨물고
등불의 궤적따라 척—척—

– 문익환목사님의 부고에 접하여

생각

굵직한 감자같은 얼굴
부드러운 눈빛
웃으면 인정이 뚝뚝 떨어지는
떠난지 오랜
그가 생각난다

구석진 선술집에서
얼근히 들이키면
늘쌍 쩝쩝 입맛 다시며 하던
그의 이야기

그까짓것쯤이야
붓대를 놀리면 차례지는거야
시인은 하루를 살아도
깨끗이 살아야 해

낡은 입성에
창나간 신짝을 끌면서도
명리를 멀리 하고

한생을 낮달 같이 보낸
그가 생각난다
−작고한 강순 시인을 추모하여

사투리

형님요!

죽으믄 구만 아잉기요
우야든지간에
오래오래 살아야 합니더

무뚝뚝한 악센트
물큰 풍기는 흙냄새
경상도 산골 토배기에게는
찰떡보다 맛이 나는 사투리다

찡해지는 코잔등
목구멍을 솟구치는 그리움
말라붙은 가슴속에
어느새 봄눈 녹은 개울이 물결친다

나에게 고향사투리는
가래 섞인 아버지의 음성
어머니 무쳐주신 씀바귀 저녁상

버들피리 꺾어 불던
정겨운 동무들의 웃음소리

그리고
이국풍상에 멍든 가슴을
쓰다듬어주는 따스한 손길이고
꿈이 오가는
동생과 나와의 그리운 사자

오냐 동생아
오래오래 사마
그래 고향을 보기 전에
어떻게 죽을수 있겠노

동생아!

물이 흐른다

물이 흐른다
저저마다 흐르던 물이
한곬으로 흐른다

맑은 물도 있다
황토물도 있다
피를 품은 물도 있다
흐르다가 말라버린 물도 있다
두엄더미 둥둥 뜬 물도 있다
기름에 얼룩진 물도 있다
얼음 밑을 숨어 흐른 물도 있고
태양 아래 번쩍이며 흐른 물도 있다

이 모든 물이
하나로 합류하여
이제 바다를 향하여 흐르고 있다

쓰라린 력사를 고발하며
거센 물결로
쾅쾅 바위돌을 밀어 젖히며

호박찌개

호박이 굴러 온다드니
정말 굴러왔다
그것도 길쭉한
조선의 애호박이다

파아란 빛갈
풍기는 이웃 인정
꼭지의 새말간 진이
방금 딴 것이 분명하다

큼직한 남비에
덤벅덤벅 썰어서 끓인다
풋고추, 멸치, 두부도 넣고
된장이랑 양념도 듬뿍 풀어서

부글부글 끓는 소리
구수한 냄새
꿀꺽 침을 삼키는 나
쩝쩝 입맛을 다시는 마누라

여보!
아이들을 부릅시다
불러서 호박찌개 파티를 하자요
맛을 보고 놀래는 얼굴도 보고

옳소! 부릅시다
누가 뭘 말해도
예나제나 맛은
호박찌개가 으뜸이거든!

부글부글 끓어오른
호박찌개도
신이 나서 남비에서
펄펄 끓어 넘친다

자화상

거울에 비친
구월의 내 얼굴은
팔월의 내가 아니다

때아닌 벽력에
가슴은 고동이 멎고
발은 까마득한 벼랑 끝에서
길을 잃었다

내 한생
삶과 더불어
사랑해 온 나의 혼
리념의 백마는 어디로 갔나

⋯⋯⋯⋯⋯⋯

거울에 비친
구월의 내 얼굴은
이미 팔월의 내가 아니다

4월의 신풍

들판에 피여난
민들레꽃무리
보란 듯이 오늘은
얼굴이 환하다

이방에 뿌리 내린
설음에 겨워
봄이 와도 움츠리고
고개 숙여 피던 꽃

불우한 생애에도
웃을 날이 있나봐
스스로 분출하는
찬란한 금빛

아, 구습을 짓부시고
웃음을 가져다 준
내 고향 남녘땅
4월의 신풍이여

자유의 왕국

사람이
사람을 죽여도
죄가 안되는
그런 나라가 있다

웃지 말라
거짓말이 아니다
바로 우리 지구 우에
그런 나라가 있단다

밤도 아닌 대낮에
애어린 두 소녀를
장갑차로 깔아죽였어도
죄가 안되는
자유의 왕국

자유는 참 좋구나
도대체 그 나라의
최고집권자는

어떤 인물일가

사람이라 하다 보니
눈코는 있겠지만
정신은 멀쩡한지
먹는 것은 무엇인지
그리고 정말
사람의 배속에서 태여났는지
아니…
혹시…?

긴 겨울 밤
이런 저런 생각에
창문이 밝았네

무명초

수림속에 자라난
키 작은 풀 한포기
이름이 무엇인지
아무도 모른단다

길 가는 사람도
모른다 하고
이름난 식물학자도
팔짱을 낀채로 답이 없다

아는이 하나 없고
고운 꽃 한송이 피우지 못했어도
어둑한 숲 잡목들 속에서
제 운명을 제 힘으로 떠메고 자란
그 얼굴에
웃음이 아름답다

이름이 없은들
무슨 수치랴

떳떳이 고개를 들자꾸나
그 목에
꽃목걸이를 걸어 주마

바람

봄이 왔다고
귀띔을 해도
로목은
기척이 없다

뒤틀린 몸뚱아리
찢어진 줄기
헐어진 벌집같은 옆구리
울퉁불퉁 땅우에 튀여나온 뿌리

얼마나 바람이
모질게 불었으면
저리도 끔찍이
상처를 입었을가

생각하면
바람 많은 섬나라
저런 참상이
어디 로목뿐이겠나

바람에 몰려 와
바람에 희생된
그리운 친우들의 검은 눈동자가
로목과 더불어
멀어가는 내 눈에 와 박힌다

할배

손주놈들은
나를 보면
모두다
할배하고 부른다

그때마다 나는
입이 사발같이 벌어지고
둥근 눈이
실눈이 되고 만다

학교에서는
할아버지라고 가르치는데
희한도 하지
어째서 할배라고 부르는지

사유야 어떻건
나에겐 할배소리는
겨울밤의
꿀맛보다 달다

서울 량반들이야
무어라건
경상도 내 고장 시골에서는
구슬같은 《 표준어 》

오늘은 공일
손주놈들 할배소리에
아침부터 전화통이
들썩거린다

애호박

연초록 빛깔을
반들거리며
내 집을 찾아 온
애호박 한덩이

둥글고 길쭉한
이 모습은
내 고장 산간마을
뜸부기 울 때면
울마다 주렁지던
그 호박이 분명하다

남의 땅에
뿌리박고 자라서도
지조높이 지켜온
그 모습이 장하다

안해는
손에 들고 싱글벙글

나는
카메라를 들고
초점을 맞춘다

너희들의 고향은

이국에서 태여난
아이들아
차별의 바람속에
자라나는 아이들아

너희들에겐
태여난 곳이 고향이 아니다
자라난 곳이 고향이 아니다

고향이 어디냐고
묻는 아이들아
고향이 없다고
고개를 떨구는 아이들아

제비도 고향은 있어
봄이면 제 고장을 찾아드는데
너희들에게
어찌 고향이 없겠느냐

저기를 보라
우리 말 우리 글
우리 노래소리
랑랑히 울려퍼지는 저기

책을 펼치면
내 조국 산과 들이
달려나와 두팔 벌리고
포근히 안아주는 저기

저기로 가자
저기로
저기가 너희들의
고향이란다

손에 손잡고
어서들 가자
고향이 기다린다
우리 학교가 기다린다

통대구의 처지

어물상 점포에
통대구가
딱지를 달고 나와 있다

제일 잘 생기고 살찐 놈이 특급
그 담 가는 놈이 1급
그 담 가는 놈이 2급
그 담 가는 놈이 3급
못생기고 여윈 놈은
구석진 곳에서 딱지도 없다

아무리 성실하고 부지런해도
못생긴 놈의 처지는
물나라 고기들도 같은가 보다

만년의 꿈

흐르는 강물같이
구름속에 달 가듯이
나는
그렇게는 안갈거야

밤을 우는 새같이
늦가을의 귀뚜리 같이
나는
그렇게는 안갈거야

모처럼 태여나서
한평생
갈라진 조국땅의 흙먼지 덮어쓰고
소리없이 울면서 갈수 있겠나

어차피 갈바엔
계선이 없는
저 북극의
백곰이 되여 갈테야

천고의 설원우
북두칠성 응시하는 밤
통일의 《 한일자 》 피로써 그려놓고
《 아리랑 》 부르며 내 갈테야

축배

날더러
환히 웃으란다
웃으면서 잔을 들란다
조국광복 60돌이 된다면서

아마도
이 젊은 친구는
광복 60돌은 알고 있어도
분단력사 60년은 모르나보다

좁은 땅 3천리에
피의 강이 흘러내린 그 사연도
아직도 장벽너머로
혈육을 부르는 저 목소리도

나에게는 오직
통일의 축배를 들고싶을뿐
광복의 축배는
들을 귀를 버린지 이미 오래전

어차피 들바엔
나는 빈잔을 들고
아리랑 노래부르며
짜디짠 눈물을 쏟아붓고 싶다

그래, 젊은 친구야
피어린 상처를 누더기로 감춘채
분단세월은 또 하루를 새기는데
광복의 축배는 맛이 있을가
모여든 얼굴들은 환할가

궤변

정성이 지극하면
돌우에도 꽃이 필거라고
강물은 흐르면서 말하지만

조금만 참으면
봄이 올거라고
바람은 지나면서 속삭이지만

늙은이들은
선술집 문턱에 걸터 앉아
낙지다리 뜯으면서
퍼런 입술로 툴툴거린다

강물에 속고
바람에 속고
남은 것은
누더기와 늙음뿐이라면서

그런데도 눈귀가 없나봐

강물은 말하고
바람은 속삭인다
이제 곧
꽃이 필거라고
봄이 올거라고

백두의 해돋이

동이 틉니다
먼동이 틉니다
천리운해 저 멀리에
붉은 해가 솟습니다

오, 황홀
금실해살이
은실해살이
6.15 새 시대를 수놓습니다
여기 백두산정을 비칩니다

이제 막이 올랐습니다
태고의 정적을 깨뜨리며
상봉의 축전
《 통일문학의 새벽 》이

얼마나 기다린 이날입니까
글자로만 알던 이름들이
사진으로만 볼수 있던 얼굴들이

손잡고 하나가 되여
쌓이고 쌓인 사연을 담아
소리높이 통일을 구가합니다

감격에 북받치여
천지도 푸른 물안개를 뿜습니다
귀전을 때리는 사나운 바람도
분단장벽을 무너뜨리며
통일의 새시대 노래합니다

아, 찬란하도다
장엄하도다
온 산하를
우리만의 해살이 눈부십니다
통일된 삼천리가 바라보입니다

눈 내리는 밤이면

한가한 산촌
노루꼬리 하루해가 지고
눈이 내리면
마을은 죽은 듯이 고요하다

밤이 되면
희미한 호롱불아래
몸져 누우신 아버지의 기침소리
고요를 깨치고

처마밑에 걸어둔
배추시래기가
들이치는 눈발에
와삭거린다

한줄기 빛도 없는 밤
눈은 펑펑
내 어린 가슴속에도
내리고 쌓이여

뜬눈으로 밤을 새울적

이윽고
새벽까마귀 우는 소리에
아, 날이 새는구나
그제사 이불속에
발을 편 나

눈 내리는 밤이면
지금도
멀리로 흘러간
그 밤에 내가 선다

땅도 집도 빼앗기고
가난에 쫓긴
나라 잃은
산촌의 그 밤

세월

불을 끄고
눈을 감으니
파란 하늘 바라보며
가슴이 공처럼 부풀어오르던
내 어린 시절이 달려오고
현해탄 검은 물결우에
꿈을 싣고 건느던
내 어리석은 날이 보인다

그러다가
잠이 들면
백발에 죽장 짚고
이국살이 상처를 누더기로 감추며
허물어진 옛집으로
말없이 찾아드는 나를
내 어린 시절이 마중나온다

세월이 이런거란 몰랐다면서

오늘 아침은

별난 날도 아닌데
오늘은 아침부터
가슴이 울렁인다

이를 닦고
낯을 씻는 찰나에도
가슴이 울렁이며
잠시도 진정을 못한다

식탁에 앉아
아침 신문을 편다
별난 기사가 있는것도 아닌데
왜 이리도 가슴이 울렁이는지

마치 원족가는 아침의
초급생 어린이다
까닭없이 방안을 서성거리며
시계를 보며
혀를 차는 나

아마도 오늘 아침은
내가 미쳤나보다
2007년
10월2일 아침

– 북남수뇌자 상봉의 아침

조상들의 말씀

가난해도 나는
도둑질을 한적이 없다
가진것이 없다보니
돕지는 못해서도
남을 해친적이 없다

나이는 먹어서도 나는
이 나라 법을 어긴적이 없다
오라면 오고
가라면 가고
내라면 빚을 내서라도
제때에 꼭꼭 바쳤다

그런데도 나를
어쩌자고 이리도
눈에 든 가시처럼 미워하면서
제나라 제땅에도
오갈수 없게 하는지

알지 못해라
과거의 죄악사를
《 통절히 반성 》한 나라
《 맘속깊이 사죄 》한
그 일본이 이러할줄은

입술을 깨물고
고개를 쳐드니
조상들의 간곡한 말씀이 들린다
천년을 가도
돌배나무엔 감이 안열린다시던

늙은 나무

이국에 뿌리 내린
늙은 나무는
바람 부는 언덕에서
남몰래 운다

둥치는
믿음을 버리고
가지는 드디여
사랑에서 떠났구나

운다고 욕질을 말라
늙음이 서러워서
우는 것이 아니다
바람이 사나운
그 까닭도 아니다

이국에 뿌리 내린
늙은 나무는
울고퍼서 우는게다

하늘도 가끔
울때가 있지 않나

부부산책

오래간만에
로친네를 수레의자에 태워
비탈진 공원길을 오른다

어찌 모르겠나
두발을 가지고도
걷지 못하는 그의 아픔을

사람의 삶이란
알수 없는 것
풍상 60년
갈길은 아직도 끝나지 않았는데
수레의자길이 될줄이야

이런 삶도 삶이런지
이따금 아리랑도 부르고
산새 울음소리에
손을 모아 흥도 내며
소녀처럼 깔깔 웃기도 한다

불행을 《행》으로
삭임질 할줄 아는 그
불행에는 웃음이 처방이라는 것을
그로하여 배운 나

어느새 평지에 올랐나보다
표리 없는 진정에
그가 벙글
내가 벙글

오월훈풍에
주름살이 밀리는
부부산책

달도 차면 기우는 법이다

한계에 이르면
체념이 제일이다

요즘은
모임에 나가는데도
어쩐지
고되고 힘이 든다

낮잠이나 자볼가고
팔을 베고 누우면
아직은 봄철인데도
귀가에는 어느새 락엽이 딩굴고

나이가 가면
여생과 더불어
생각도 짧아지는것인지

지나간것은
모두가 다 류수로 느껴지고

상상의 꿈이
끝나기전에 끝난다

모든 것은
제나름의
한계가 있나보다

한계에 이르면
깨끗이 물러서야지
달도 차면
기우는 법이다

겨울민들레

마른 잎 같지만
속잎은 파랗다

굽은듯이 보이지만
굽힌것이 아니다

이 겨울도
묵묵히
칼날같은 눈서리와
싸우는 너

속잎틈에는
이미
래년의 꽃망울이
자라고 있구나

가깝고도 먼 길
- 서울행 기상에서 -

고향길은
그리도 가깝더란다
아니다 고향길은
그리도 멀더란다

비행기로 날으면
2시간에 닿을 길을
60성상 고초 끝에
이제사 올랐으니

웃어야 좋을지
울어야 좋을지
하늘을 나는 꿈같은 길에
흘러간 세월의 구슬픈 여운

구름이 갈라진 틈서리로
언뜻보이는 반달같은 항만
저기가 꿈에조차 잊을수 없었던
내 고향 영일땅이 분명하구나

추억도 재가 된 이 가슴에
그 옛날이 소생한다
마지막 남은 목숨이
홰를 치며 퍼덕인다

상봉의 울음
— 김포공항에서 —

기내에서
나는 나에게 언약했지
울지 말자고
울어서는 절대 안된다고

고향을 버리고
혈육을 등지고
한평생 돌같이 살아온 내가
울어서야 체면이 서겠느냐고

태연하게
동생들을 대해야지
서로가 안고서 딩굴지라도
이를 사려물고 울음만은 참자고

그런데 내가 운다
동생을 부여안고
서로 볼을 비비며
황소 울음을 터뜨린다

쑤셔놓은 벌집처럼
북적대는 사람속에서
미친 듯이 내가 운다
7일간을 울기 위해
7년간을 땅속에서 자라온 매미처럼

성성한 백발을 이고
내가 운다
다시는 돌이킬수 없는
멀리로 흘러간 세월을 운다

모두다 어디로 갔을가

-2년간 통학한 비안 땅에서 -

비안은
부모님이 잠드시는
선산이 있는 곳

산은 옛산
강물도 옛처럼 다름 없는데
그 많던 사람들은
어디로 갔을가

썩은 판자문
녹쓴 양철지붕
한낮인데도
거리는 저녁처럼 침침하고

뒤골목은
찌릿한 오줌 냄새
무너진 토담에 가래침을 내뱉는
허리 굽은 로인들이 한둘 보일뿐

모두다 어디로 갔을가
내가 다니던 학교도
명년 이맘때는
80년의 력사에 막을 내릴지 모른다나

추억속에 떠오르는
어깨동무들이여
붐비던 장거리여
해빛에 반짝이던 기와집들이여
내겐 알수 없구나
제 고장을 버리고
모두다 어디로 갔을가

성묘
– 부모님 산소에서 –

63년만에
부모님 무덤앞에
내가 선다

나는 순간
터진 물목이 된다
쏟아져 나오는 눈물
그칠줄 모르는 눈물

나는 철없는 아이가 된다
무덤에 얼굴을 묻고
목구멍이 터지라고 울부짖는다
아버지를 부르며
어머니를 부르며

나는 마침내
바위가 된다
눈물도 진하고 기력도 진한
엎든채 그대로

굳어진 바위가 된다

바람소리 솔소리
지저귀는 뫼새소리
이젠 그만하라고
자꾸만 옆에서 귀띔을 한데도
나는
눈물로 굳어진 바위가 된다

불국사
- 경주에서 -

부산으로 향하는
고속도로 옆
불국사에 잠시
발을 들여놓는다

우거진 수림 속
높이 솟은 자하문
네활개를 펼치고
반가이 맞아주네

이것이 다보탑
저것이 석가탑
천년고찰의
천년석탑

대웅전 큰보살
목탁소리 독경소리
명상에 깊이 잠긴
청운교랑 백운교

보랑을 걷노라면
현란히 빛을 뿜는
아, 2천년 고도의
천년 고찰

고도의 달밤
- 경주에서 하루밤 묵으면서 -

산수화로
그려놓은
선경같은 밤이다

중천에는
둥근 달
먼 산줄기

호심에는
달이 앉아
일렁거리고

밤 안개
고이 두른
청솔 수림

이런 밤이
였을가
신라 처용이

밝은 달 아래서
노니던
그 밤도

고도의
달밤이여
토함산 산줄기여

천여년 전
옛 밤이
산수화에 비꼈구려

부산의 밤
- 동생 집에서 -

천정은 낮고
방안은 비좁아도
나에겐 제일인
동생네 집

일류 호텔인들
어찌 여기에 비하랴
해솜속에 싸인듯한
이 푸근함

두 다리를 쭉 펴니
어깨를 짓누르던 무거운 짐을
풀어놓고 숨쉬듯한
이 안도감

흐르는 세월 속에
산하는 변했어도
변함이 없는 것은
혈육의 정이러라

누이동생 둘이가
량옆에 앉아서
주름진 두 손으로
밥을 떠먹여 주네

어린 시절
열에 뜬 이마를 짚어주며
죽을 쑤어 훌훌 불며 떠먹여주던
그 때의 오빠가 생각난다며

가슴을 찌르는 먼 추억
추억속에 주름살이 곱게 밀리네
웃음속에 눈물속에
고목에 꽃이 피는 부산의 밤

만찬회
– 서울 하얏트 호텔에서 –

하얏트호텔 리젠씨룸
황홀한 샨데리야 아래
통일부장관이 돌아다닌다
방문단이 앉아있는 테블마다에

잔잔한 미소로
자기소개 하면서
구면처럼 허물없이
손을 내민다

정이 간다
겨울을 이겨낸 뿌리 같은
굳센 손이다
따스한 손이다

–자유로이 고향을 방문하는
　그날이 어서 오기 힘을 씁시다
장관이 하는 말에
박수소리 박수소리

깊어가는 밤과 함께
깊어가는 정
오고가는 술잔에 웃음이 철철
평양상봉의 은정이 철철

잘 있으라 서울아

- 나리따행 기상에서 -

잘 가시라
잘 있으라
공항은 온통
석별의 눈물로 젖어드는데
나는 기상에 올라
조용히 눈을 감는다

5박6일의 로정이
주마등처럼 눈 앞을 스친다
서울－대구－비안
비안－경주－부산－서울

오매에도 그려오던
가깝고도 먼
남녘의 산하
꿈같은 로정

고마워라
수뇌자 두분의 평양 상봉이여

이날 위해 싸워온
선렬들이여
동지들이여

한결 높아진 엔진소리
이제는 리륙인가
하지만 나에게는
리륙이 없으리라

잘 있으라 서울아
다시 보자 서울아
나는 젖어든 눈시울에
손수건을 얹는다

꽃피여라

꽃피여라
꽃피여라
내 고향땅
앞산에도 뒤산에도
바위짬에도
송이송이 피여라
아름답게 피여라

굶어죽은 소녀의
무덤가에도
옳바로 살다 간
주검우에도
골고루 피여라
곱게곱게 피여라

꽃피여라
꽃피여라
분계선 산마루
오솔길에도

림진강 옛나루
모래불에도

래일이면 늦단다
어서 피여라
산천도 호젓이
눈물에 젖고
자욱마다 피자국
두견새 운다

꽃피여라
꽃피여라
어서 피여라
피여난 꽃속에서
옛이야기 하며
혈육들 서로 만나
울며 웃도록

솟는 해 지는 달을

웃으며 맞고
눈물젖은 처녀들의
한가슴에도
고운 꿈이 봉긋이
피여나도록

조롱속의 동박새

먼산에 풀빛이
짙어 들 때면
꿈을 꾸네
꿈을 꾸네
조롱속의 동박새는

은은한 산골
물소리 바람소리
꿈이 갈구하는
자유의 청산을

그리워
그리워
꿈을 꾸네

추억속에
눈두리가 세여 진 새
청산의 순정이
하도 그리워

한장의 년하장

새해 아침에
고향에서 보내온
한 장의 년하장

숫눈보다 하아얀 날개를 퍼덕이며
청자빛 하늘을 자유로이 날으는
학이 그려진 년하장입니다

꿈에조차 생각못한
년하장입니다
이국살이 길어도 푸른 하늘밑
고향땅 학천을 잊지 말라고
학그림을 그려서
보낸 것이 아닙니까

외세 없는 땅
청자빛 파아란 하늘아래
륙천만 백의민족 함께 살자고
그 념원 담은 것이 분명합니다

가슴 뭉클 젖어드는
년하장입니다
식어가는 아궁이에
다시금 불을 짚는 년하장입니다

어느새 마음은 학을 타고서
새파란 고향하늘 찾아갑니다
오곡백과 산과 들에 넘실거리는
통일된 내 조국을 그려봅니다

금강산의 달밤

하늘에는 은하수
발밑은 솔숲
온정령말기에
달이 올라앉는다

앞에도 뒤에도
봉우리 봉우리
다투어 은빛 뿜는
달밤의 기암들

천년 옛전설이
눈앞에 펼쳐진듯
하늘에서 선녀들이
내려오는가
어디선가 들려오는
옥피리소리

물소리 솔소리
두견새 우는 소리

풀잎은 방울방울
진주로 빛나고
풀벌레 은방울을
구르는 소리

선경이랴 천당이랴
천지간의 극락이랴
달도 황홀경에 넋을 잃고서
말기우에 눌어붙어
움직일줄 모르네

금강산 금강산
조선의 자랑이여
더더욱 자랑이랴
금강의 달밤이여
네가 있어 아름다움
세상에 생겨나고
네가 있어 조선은
더더욱 빛나누나

상봉

눈을 감으면
삼삼히 떠오릅니다
앞산의 진달래
뒤산의 잔솔밭
그 기슭에 자리잡은 오붓한 산간마을

봄이면
복사꽃 살구꽃 곱게 피고
가을이면
지붕마다 고추가 빨갛던 마을

그 마을에서 왔습니다
누이동생이
그날의 소녀는 어데다 두고
호호 늙은 로파가 돼서

열 살 소녀는
날이 밝으면 앞산에 올라
두손 모아 빌면서 울었답니다

오빠가 보고싶다고
오빠야 어서 돌아오라고

이렇게 50년을 기다리다가
차마 이대로는 죽을수 없어
바다넘어 일본땅에
찾아왔습니다

피줄만이 남은 힘없는 주먹으로
이 가슴을 두드리며 웁니다
철없는 아이처럼 엉엉 웁니다
고향을 버리고
누이를 버리고
그리도 일본땅이 좋으냐고

눈물이 가로막는 상봉입니다
추억속에 만나는 상봉입니다
창천에 사라진 구슬픈 여운
가슴에 재만 남은 상봉입니다

소망

내 죽으면
나는 나무가 되련다
태여난 고향땅에
꿋꿋이 뿌리 박은
한그루 소나무가 되련다

바람이 불어도
눈보라가 몰아쳐도
도끼로 찍어도 넘어지지 않는
내 하늘 아래서 푸르싱싱한
동구밖 언덕우에 소나무가 되련다

내 죽으면
나는 바위가 되련다
부모님 무덤가에
고요히 자리잡은
산같이 무거운 바위가 되련다

하늘이 무너지고

땅이 꺼지고
뽕밭이 바다로 변한대도
버티고 서있는 바위가 되련다

내 죽으면
나는 호수가 되련다
낮이면 내 고향 푸른 하늘을 이고
밤이면 별무리 안고 잠자는
수정빛 호수가 되련다

백날을 가물어도
생명수 보내주어
집을 떠난 고향동무들
제 살던 고장이라 다시 돌아오는
다심한 호수가 되련다

대학의 목련꽃

꽃입니다
볼수록 순결한
우리 대학 뜰에 핀
목련꽃입니다

파아란 하늘아래
떠나는 졸업생을 바래주고
들어오는 신입생을 마중하려고
이 봄도 잊지 않고
정든님 웃음같이
활짝 피였습니다

새하얀 꽃송이
청신한 꽃향기
그 모습에 마음도
씻은 듯 정가로와
붙들고 울고싶은 꽃이랍니다

세월의 굽이마다

이 꽃 아래로
얼마나 많은 학생들이
모여들었습니까

이 꽃 바라보며
얼마나 많은 졸업생들이
정든 교문을 떠나갔습니까

이 봄도
졸업하는 학생들은 말할것입니다
꽃가지 휘여잡고 볼을 비비며
다시 오마고
잘 있으라고
떠나도 언제나
너같이 순결하게 살겠노라고

황금에 오염된 이 땅에서
아름다움을 주고
슬기로움을 주고

기쁨과 희망과 꿈을 주는
너 목련꽃이여

자랑합니다
노래합니다
찬바람이 불수록 더 아름답게
사람들의 가슴에도 꽃을 피우는
너 대학의 목련꽃이여

애국자

출신지 · 경상도 시골
나이 · 저승 가고도 남을 나이
주택 · 도꾜도내 낡은 도영주택
총재산 · 시집 여나무권
건강상태 · 항상 목구멍에 피리소리 요란하다
기호물 · 막걸리

사람이 있는지 없는지
이런 적적한 내 집에도
새해가 오면
년하장이 몇장 날라들고
젊은 일군이 찾아온다
나를《애국자》라면서

허허ㅡ
이제 곧 남의 땅 귀신이 될
내가《애국자》?
다리목 아래서 거적을 쓰드래도
한두해는 더 살아야겠네

안해에게

여보!
당신과 나사이엔 리별이란 없소
울지를 마오
울며는 나는 없고
웃으면 나는 어데서나 있을거요

웃으면서 길섶을 보오
거기에 코스모스가 피여있지 않소
그것은 아마
당신을 반기는 나일지도 모르오

가을이면
달빛이 새여드는 창가에서
풀벌레가 은방울 굴릴거요
그것은 당신을 위로하는
나의 노래일지도 모르오

나는 하늘중천에도 있을거요
노을이 사라진 서쪽하늘가에

작은 별이 반짝이거든
그것은 당신에게 신호를 보내는
나인줄 알아주오

나에게는 무덤도 필요 없소
나에게는 제례도 필요 없소
나에게는 묘표도 필요 없소
바라는것은 오직
당신의 웃음뿐이오

- 병실에서

청년과 나

−안녕하십니까
어디서 본상한 청년이
나를 보고 공손히 인사를 한다

이름이 떠오르지 않는다
−선생님이 쓰신 글을 자주 보지요
　며칠전에도 읽었습니다

아무리 생각해도
이름이 떠오르지 않는다
−저요?
　선생님한테서 배웠지 않습니까?

나는 그제야
《음, 그래, 직장은?》하고
웃음으로 고개를 끄덕인다

스치는 겨를이라
한두마디로

청년은 저편으로
나는 이편으로

돌아서니 얼굴이 화끈해진다
다른 이름을 모른다 해도
저같은 호청년의 이름을 잊다니

이런 천치여서도
내가 《 선생님? 》
나이가 갔나부다
일흔이 넘다보니

어느새 달이 돋아
싱글벙글
먹은 맘 하나만은
잊지 말란다

나무

높고 반듯한 나무만이
나무가 아니다
낮고 굽어도
나무는 나무인 것이다

아무리 낮고 굽어도
갖출 것은 다 갖추어
뿌리를 내려서
산을 지키고
잎을 피워서
메마른 땅을 기름지운다

그런데도 함부로
베어버리는 사람이 있다
낮다고
굽었다고
보잘것없다고
쓸모가 없다면서

이미 홍수를 만나
산도 잃고
땅도 잃고
집마저 떠나보내고서야
그제사 《 나무여 》 하는
사람이 있다

문병

노오란 휘장너머로
침대우에 누워있다
헝클어진 머리칼, 우묵 패인 눈자욱이
영 딴 사람이다

한번도 개화 못한
뼈만 남은 대궁이
어질고 고요하고 마음이 꽃씨 같은
나에겐 다시 없는 글벗인 그

이렇게 몰라보게 달라질줄이야
혹시나 하고 불러본다
《박선생》
대답이 없다

....

천근발길로 문을 닫고 돌아서니
황혼이 깃을 편다
아, 여기는 죽음과 삶이 숨박곡질 하는 곳

어디로 가야 하나

세상이 넓다지만
나이먹은 나에게는
발붙일 곳이 없네

북으로 가면 《귀포》딱지
남으로 가면 《똥포》란 부름
이래서야 내 땅인들 정이 가겠나
차마 왜땅귀신은 될수 없고

어디로 가야 하나

정말 몰랐네
고향을 등진 죄가
이렇게 무거울줄은

삶의 어려움

이국의 달빛 아래
이밤도 그림자 하나
유령같이
발붙일 곳을 찾아 얼렁거린다

력사적순간

텔레비죤 앞에
바싹 다가앉아
나는 내 귓밥을
당겨본다

꿈이 아니다
참말 렬차가 달리고 있다
하얗게 늙어진 념원을 싣고
이제 서서히
분계선을 넘어선다

7천만이 바라던
력사적순간!

여보!
죽지 않고 살아서
정말 좋았소!
감격에 울먹이는
안해의 숨찬 목소리

순간
눈앞에는
부셔진 꿈이
해살처럼 무늬를 짜고

나는 어느새
허물어진 장벽을 넘나드는
한 마리 작은
새가 된다

내가 걷는 길

어디가
끝인줄
모르는 길

나는 지금도
이 길을
걷고 있다

많이도 걸었다
검은 머리
희도록 걸은 길이다

그런데도
내 걸은 흔적은
아무데도 없고
내가 남긴
발자국도 없다

모를 일이다

혹시 두름길을 빙빙
돌고있었을지도

알듯하면서도
모르는 이 길

내가 택한 길이 아닌가
흔적이야 남건 말건
오늘도 나는
이 길을 걷는다

고국 땅에서 "정화흠 시선집"이 발간된다는 기쁜 소식에 접하여

　나의 책장에는 1980년에 평양에서 발행된 정화흠 선생님의 첫 시집 〈감격의 이날〉과 2000년에 선생께서 손수 수표를 하여 보내주신 세 번째 시집 〈민들레꽃〉이 나란히 놓혀 있다. 아쉽게도 두 번째 시집 〈념원〉은 내 손에 없지만 아마도 선생님께서 발표하신 시는 계기마다 발간된 종합 시집과 문학예술, 조선신보와 시 동인지 '종소리'를 통하여 거의 다 읽은 셈이다.

　1923년에 경상북도 영일군에서 출생하시여 어린 몸으로 일본에 건너오신 선생께서는 77년이란 기나긴 세월을 남의 나라 땅에서 지내셨다. 이제는 구갑을 맞으셨으나 선생님의 창작 의욕은 전혀 식을 줄 모르고, 시 동인지 〈종소리〉의 새 호를 받을 때마다 선생님의 시 창작에 대한 정열에 놀라움을 금할 수 없다.

　40년 세월, 때로는 가까이에서 때로는 멀리에서 선생님을 보면서 언제나 느껴온 것은 선생님이 얼마나 우리 말을 사랑하고 있으며, 얼마나 고향 땅을 사랑하며 그리워하셨는가 하는 것이다. 또한 일본에서 나고 자란 2세, 3세 시인들을 얼마나 아껴 주시였으며, 1세들의 뒤를 이어갈 수 있도록 얼마나 심려해오셨는가 하는 것이다.

재일본조선문학예술가동맹(문예동) 오사까 연극부의 공연 "길"에 깃든 이야기

2000년 6월 15일 남북 수뇌자들의 공동선언이 발표된 후 남북의 교류와 왕래가 빈번해지고 재일동포들도 총련 '고향방문단'으로서 당당히 고향 땅을 밟게 되였는데 정화흠 선생 역시 고향을 떠난 지 60여 년 만에 방문단 성원의 한 사람으로서 처음으로 고향을 방문하시였다.

고향을 떠나올 때 함께 가겠다고 보채던 동생을 고향 땅에 두고 홀몸으로 일본 땅에 건너오신 선생께서는 동생 생각을 안 할 때가 거의 없으셨다. 그 보고 싶고 안아 보고 싶던 동생을 총련 고향방문단의 한 사람으로서 당당히 볼 수 있게 되였으니 선생님의 기쁨이야 오죽하셨으랴.

선생께서 '고향방문시초'를 쓰고 계신다는 소식을 들은 저는 선생님에게 련락을 띄워 오사까에서 진행되는 문예동 연극 구연부의 공연 '길'에서 랑송할 수 있는 기회를 달라고 부탁하였다. 선생님께서는 초고라고 하시면서도 잉크 냄새가 채 가시지 않던 초고 작품 9수를 손수 편지지에 옮겨 써서 보내주시였다.

이 시를 본 순간 온몸이 떨리고 눈물 없이는 한줄도 랑송하지 못할 지경에 이르렀다. 하지만 1세 동포들의 마음의 웨침이 집약된 이 시를 기어이 잘 랑송하여 만사람에게 알리고 싶어 저는 련습에 련습을 거듭하였다. 련습 시에 너무나 울었기에 본무대에서는 울지 않을 자신이 있었다.

그런데 4련째, "그런데 내가 운다/ 동생을 부여안고/ 황소울음을 터뜨린다"

이 련부터는 참았던 눈물이 왈칵 쏟아져 나와, 나도 울고 청중들도 울고 회장 안이 눈물 바다가 된 것이 벌써 10여 년 전의 일이다.

'고향방문시초' 중에서

상봉의 울음- 김포공항에서

기내에서
나는 나에게 언약했지
울지 말자고
울어서는 안된다고
. . .

그런데 내가 운다
동생을 부여안고
서로 볼을 비비며
황소 울음을 터뜨린다

쑤셔놓은 벌집처럼

북적대는 사람들 속에서
미친 듯이 내가 운다
7일간을 울기 위해
7년간을 땅속에서 자라온 매미처럼

성성한 백발을 이고
내가 운다
다시는 돌이킬 수 없는
멀리로 흘러간 세월을 운다

정화흠 선생의 많고 많은 시들 중에서도 이 시는 잊을래야 잊을 수 없는 시가 되었다.

다음으로, 정화흠 선생님의 우리말에 대한 사랑은 곧 일본에서의 유일한 우리말 시지 〈종소리〉에 대한 애착에서 고스란히 표현되었다. 정화흠 선생은 시 〈내가 오늘을 사는 것은〉에서 다음과 같이 노래하였다.

· · ·

내가 오늘을 사는 것은
내 스스로 사모하는
시지 '종소리' 때문이 아닌가 싶다

· · ·

나에게 '종소리'는
삶과 희망을 주는 그 무엇
내가 상기 오늘을 사는 것은

적막한 허공에 희망을 울리는'종소리'
그 '종소리' 때문이 아닌가 싶다

'유언'이란 말에 깃든 이야기

시 동인지 〈종소리〉가 발간된 2000년으로부터 벌써 13년이 훌쩍 지나갔다. 문예동의 중앙적인 모임에 참가할 때마다 〈종소리〉시인회의 여러 선생님들이 〈종소리〉에 작품을 투고 할 것을 권유해 주시었다.

하지만 저는 선뜻 응하지 못하였다. 그것은 년 간을 통해 그리 많은 시를 지은 것도 아니고 오사까의 작품집 〈불씨〉의 편집도 맡아 하고 있었음으로 도저히 〈종소리〉에 까지 투고할 작품을 창작할 여유가 없었던 것이다. 또한 〈종소리〉는 간또 지방 동포 시인들의 문예지라는 이메지(image)가 하도 커서 그런지 저는 선뜻 〈종소리〉에 작품을 보내지 못하고 있었다.

선생님께서는 제가 년하장을 보내건 말건 늘 년하장을 먼저 보내주셨는데 2004년 정월 초하루날 처음으로 선생님의 년하장이 보이지 않았다. 그래서 놀란 제가 먼저 선생께 년하장을 보냈는데 며칠 지나서 온 답장에는 "몸이 좀 불편해서 인사 드리는게 늦게 됐습니다. 용서하소…〈종소리〉에 한편 써 보내주소" 이렇게 씌여져 있는 것이 아닌가. 몸을 앓으시면서도 자기의 몸을 걱정하기보다 〈종소리〉에 투고할 것을 요청하신 것이다.

그러던 것이 2009년 6월에 열린 문예동중앙 정기
대회 날 대회와 축하 연회가 끝난 후 2차 한잔 모임
에서 우연히 정화흠 선생님과 옆자리가 되었다. 그때
선생님께서는 "지금까지도 여러번 권유해 왔지만 이제
는 〈종소리〉에 작품을 보내와야지 않겠는가, 우리 로
인들이 언제까지 이 자리에 있겠는가. 젊은 사람들이
우리의 뒤를 이어주지 않으면 죽을래야 죽을수 없다.
나의 '유언'이라고 생각해서 작품을 보내달라"고 하시
는 것이 아니겠는가. 나는 가슴이 미여지듯 아팠다. 그
리고 머리를 "쾅" 하고 얻어맞은 듯한 충격을 받았다.

'유언', '유언'이라니 · · ·
그 말이 빙빙 내 머리를 감돌았다.

얼마나 오만했던가. 1세 시인들이 가꾸어 놓은 터
전에 찬물을 끼얹을번 한 나였다. 변변히 시 한편 바
로 못 써온 나한테 정화흠 선생은 어찌하여 '유언'이
라고 하시면서까지 시를 보내오도록 하셨을가. 생각
하면 할수록 가슴이 아파졌다. 이것은 단지 나 하나
만의 문제가 아니라 2세, 3세들도 지방에 흩어져 창
작하는 사람들도 모두 살려주시려는 웅심 깊은 마음
에서 온 것이라는 것을 겨우 깨닫게 되었다. 그리하
여 나는 다음해 2010년 가을호인 44호부터 오늘까지
한번도 빠짐없이 작품을 투고하게 된 것이다.

또 한가지만 소개하려 한다.

선생님을 처음 만났을 때로부터 40여 년이란 세월이 흘러갔다. 선생님은 아흔 살, 나는 예순 다섯 살, 서로 할머니, 할아버지가 되였지만 아마도 선생님의 눈에는 언제까지나 풋내기였던 나의 모습만이 기억되고 있을 것이다. 대학 문전에도 가보지 못했던 내가 정화흠 선생님을 비롯한 선배 시인들의 방조와 도움이 없었더라면 어찌 시인으로서 사는 길을 걸어갈 수 있었으랴.

동포들의 후대 사랑에 무한히 감동되여 스무 살 때 난생 처음 시를 썼지만 시가 도대체 무엇인지 차분히 배우지 못했던 나에게 있어 '총련 문학창작 통신교육'은 문학 공부를 하는 데서 큰 계기가 되였다. 이름 있는 통신교육 강사 선생님 속에 정화흠 선생님도 계셨다. 그 때가 내 나이 스물두 살이였으니 얼마나 기나긴 세월 선생님께 신세 만을 져왔던가.

나의 첫 시집 〈산진달래〉에 깃든 이야기

1988년, 지금으로부터 25년전 나의 첫 시집 〈산진달래〉가 세상에 나오게 되였다. 편집 단계로부터 초고 작품 하나하나에 빨간 연필로 의견을 써 넣어주시고 시집에 앉힐 작품들의 선택은 물론 소제목, 차례에 이르기 까지 세세히 다 의견을 주신 분이 바로 정화흠 선생님이시다. 시집의 제목도 처음은 처녀작에서 떼여 '어버이 숨결 속에서'라 예정했는데 '산진달래'

가 더 정서적이어서 좋다고 새로 제목을 달아주신 분
도 바로 정화흠 선생님이다. 그때 정화흠 선생의 도움
이 없었다면 저의 작품은 영원히 책상 서랍 속에 묻혀
있었을 것이다. 정화흠 선생님께서 얼마나 2세, 3세
시인들을 아껴주시고 잘 이 끌어주셨는지 표현을 잘
하지 못한 것이 너무너무 유감하다.

최근 10년 가까운 기간 동안 재일조선인 문학예술계
와 호상간 유의미한 교류를 이어온 남측의 문화기획자
인 이철주 씨의 제기로 재일조선인 문학예술 특히 우
리말로 창작된 재일조선인 시인의 시집이 남측에서 출
판이 된다는 소식을 접했다. 오랜 기간 재일조선인 문
학예술계의 버팀목이 되고 있는 재일본조선문학예술
가동맹 결성 55돐을 기념한 사업이다. 그 첫 시집으로
서 정화흠 선생님의 시집을 발간하게 되였다는 반가운
소식에 접하게 되여 얼마나 기쁜지 모르겠다.

누구보다도 고향을 사랑하고 우리 말을 사랑하며
조국 통일의 날을 간절히 바라시였을 뿐아니라, 2세,
3세들을 문학의 세계에로 이끌어주신 평생의 스승이
신 정화흠 선생님의 시를 고국 땅의 살붙이들이 많이
애독해 주실 것을 바라마지 않는다.

허옥녀(시인)

시줄마다 새겨진 삶의 자욱

대학 강의실에서 한 방울의 물에도 우주가 비끼듯 한 편의 시에 새로운 세계를 담을 수 있다고 깨우쳐준 스승의 시평을 내가 쓴다니 그 대단한 용기에 부끄러움마저 섞인다. 그러나 부끄러움을 헹그어 시 줄마다에 새겨진 1세 시인의 삶의 자욱을 더듬어보려고 한다.

조선 풋고추

《고추는 작아도/맵다고 하거니/고추의 노래 어이 길가/땅 좋고 물 맑아/해빛도 밝아/빛갈 고운 풋고추/입맛 좋은 풋고추//오늘도 저녁상엔 풋고추라/그 맛은 조국의 맛/그 맛을 잃지 않고/내 삶의 한길에서/맵게 살아왔던가/이 작은 풋고추에도/내 한생을 비쳐주는/조선 풋고추》(시 《풋고추》)

시인은 조선의 넋을 안고 살아온 한 생을 고추에 비기였다. 조선인 차별과 동화의 회오리가 이는 일본 땅에서 억센 마음을 먹고 떳떳이 살아온 시인 정화흠, 망국의 설움을 안고 일본에 건너온 1세들이 그러하였던 것처럼 그가 걸어온 길도 결코 순탄하지 않았다.

1923년 3월20일 경상북도 영일군 죽장면 석계리의 빈한한 산촌에서 출생한 그는 1937년 14살 때 현해탄 검은 물결 우에 꿈을 싣고 일본에 건너왔다. 향학

심에 불탄 그는 일본의 어느 학교의 문을 두드리기도 하고 낯 설은 이국의 거리와 도시를 헤매기도 하였다. 그러나 나라 잃고 말과 글마저 빼앗긴 식민지 청년 학도의 애끓는 마음을 달래여줄 사람은 없었다.

8.15 해방은 저주받은 운명을 청산하는 날이였다. 진리를 탐구하고 제 운명을 창조할 수 있는 자유의 문과 마음껏 배울 수 있는 시대의 문이 열린 것이다. 해방 직후, 광범한 재일동포들을 망라한 애국조직인 《재일조선인련맹》(1945.10)이 결성되였다. 동포들은 각지에 국어강습소를 내오고 아이들에게 우리 말과 글을 가르쳤다.

시인은 해방 조선의 기둥감이 될 꿈을 안고 일본 쮸오(中央)대학 경제학부에서 배웠다. 1950년 3월, 대학 졸업증을 쥐고 어느 회사를 찾아갔으나 당시 조선 청년이 일본의 일류 회사에 취직하기란 하늘의 별따기였다. 특히 사람 떠넘기는 솜씨가 각별한 섬나라 땅에서 장사군이 되려던 그의 마음은 너무나도 순결하고 다감하였다. 그는 어릴 적부터 익혀온 한문과 어문학 지식을 밑천 삼아 이바라키현(茨城県) 쓰치우라(土浦市) 시립소학교 민족학교 교원(1950.4)으로 사업하였다.

총련결성(1955.5)은 재일동포들의 생활에서 전환을 가져왔으며, 이국에서 창작 활동의 바른 길을 찾지 못하던 재일 조선작가들에게도 진정한 창작의 길을 펼쳐주었다. 《재일본조선문학예술가동맹(1959)》 (략칭: 문예동)이 무어지고 이듬해(1960) 가나가와 (神奈川) 문예동 지부가 고고성을 울렸다. 시인은 1960년 4월부터 가나가와 문예동 지부 문학부장, 총무부장으로 활동하는 한편 가나가와현하 조선학교에서 교편을 잡았다. 그때 지은 동요 《우리 학교가 좋아요》(1960)는 그의 첫 시집 《감격의 이날》 (1980, 문예출판사)에 수록되었다.

평양의 밤

시인은 50살이 되는 해에 가나가와현 본부 전임 (1973.4)으로 활동하게 되었다. 학교 교육과 문화사업을 맡게 된 그는 시간을 내여 학교를 찾아가 아이들의 수업을 참관하고 교원들과 담화를 나누었다. 밤이면 동포집을 방문하여 그들의 요구를 귀담아들었으며 문화 소조(동아리)를 활성화하기 위해 노력을 기울였다. 그때 벌써 고향을 떠난 지 4반 세기가 흐르고 있었다.

해외 멀리 떨어져 있을수록 조국에 대한 그리움은 사무치고 만리 이역에 살수록 어머니 조국의 품에 안기고 싶은 생각은 날을 따라 더해만 갔다. 1970년대초 재일조선동포들의 조국으로의 왕래의 길이 활짝 열린 후 시인은 드디어 자나 깨나 그리던 공화국을 방문(1977)하였다. 이역에서 조국 하늘 우러러 조선 사람 된 긍지와

자랑을 안고 살아온 젊은 시인에게 있어서 평양에서 지낸 감격의 나날은 그대로 시이며 노래였다.

《대동강이/여기라오/평양이/여기라오//중천에 둥근달/강심에 일렁이고/달빛속에 거리는/불빛의 바다//풀숲엔 풀벌레의/교향곡소리/바람은 벼들끝에/춤 추는 이 밤/얼마나 황홀한/달밤입니까//사시로 바람부는/남의 땅에서/사무치게 눈에 어려/잠못들던 밤/(생략)…아름다운 강토여/평양의 달밤이여 /우러르면 아–/몸도 청춘이라오/마음도 청춘이라오》(시 《평양의 밤》)

조국방문시초에 수록된 작품이다. 시인은 그림으로만 보던 천하명승 금강산과 묘향산, 조종의 산 백두산에도 올라 시를 썼다.

시인은 조국의 작가 김병훈 (당시 조선문학창작사 사장, 조선작가동맹위원장, 문예총 위원장을 력임), 시인 박세옥, 오영재, 백하, 리정술, 박미성, 박호범과도 교류를 깊였다. 그때를 회고하여 시인은 "어찌하여 그들은 그리도 마음이 고운지, 나는 아직도 그 의문을 풀지 못한다.… 나는 그 얼굴들을 영원히 잊지 않으려 한다" (문학예술 88호. 1987)고 썼다.

나라를 위해 벽돌 한 장 쌓은 적 없는 해외의 이름없는 한 시인을 뜨겁게 맞아준 조국의 방문은 그에게 있어서 삶의 절정이였다. 첫 시집 《감격의 이날》(1980. 문예출판사)의 발간은 조국의 크나큰 신임의 표시였다.

민들레꽃

조국 방문을 계기로 조선의 시인된 긍지는 한층 높아졌다. 이 시기 조선작가동맹 정맹원으로 가입하게 된 시인은 누가 보건 말건, 알아주건 말건 들가에 피는 한떨기 꽃처럼 동포사회에 뿌리를 묻고 애국애족의 뜨거운 마음을 작품에 담을 결심을 다지었다.

《친구야/내 친구야/민들레도 꽃이냐고/묻지를 마시라//진달래꽃처럼/개나리꽃처럼/남먼저 새봄을 /알려주진 못해도//모란꽃처럼 /장미꽃처럼 /송이송이 탐스럽게/피여나진 못해도//땅속깊이 뿌리 묻고/눈서리 이겨내여/웃음 빵긋 피여나는/그 꽃이 아닙니까//(생략) 나는 노래하렵니다/알아줄이 없어도/피는 그 꽃을/밟힐수록 머리를 쳐드는 그 꽃을//꽃이 지면 머리우에 백발을 이고/무수한 씨앗에 날개를 달라/새천지 꿈꾸며 하늘을 날으는 /전설같은 그 민들레꽃을》(시《민들레꽃》)

이역의 들가에 핀 민들레꽃은 시인 자신의 모습이다.

80년대 이후 그는 문예동 시분과위원회 책임자로, 기관지《문학예술》편집장으로 활동하였으며 그 후 문예동 부위원장, 고문을 력임하면서 민족문학예술 발전에 정열을 바치였다. 한편 그는 1981년 4월부터 민족교육의 최고학당인 조선대학교의 교단에 서서 애족애국의 문학운동을 떠매고 나갈 후비를 키워나갔다.

해외 조선동포들의 마음을 한없이 격동시킨 북남
수뇌회담(2000.6)이 열린 그 해, 문예동의 오랜 시
인들에 의해 《종소리》시인회가 무어졌다. 그는 통일
을 삶의 목표로 간직한 시인들과 함께 새천년대의 요
구에 맞게 국문 시가운동을 추켜세우기 위해 나섰다.
올해 60호를 헤아리게 된 시지《종소리》에 시인의 작
품은 많이 실려있다. 시인의 시가 작품은 《조선신보》
와 문예동 기관지 《문학예술》에도 게재되였다. 또한
《재일조선 시선집》(1989) , 조선작가동맹기관지 《조
선문학》, 평양의 문예출판사에서 발행된 《해방후 서
정시선집》를 비롯한 여러 출판물들에 게재되였다.

그의 시의 주제는 다양하다. 조선 사람 된 긍지를
안고 총련의 지붕아래 화목하게 사는 새 세대청년들
의 자랑을 담은 작품도 있다. 시 《어버이사랑》은 조
국 방문하여 주석님의 접견을 받고 기념사진을 찍게
된 한 동포 청년의 기쁨을, 시 《불도가니》는 조선학
교에서 인민교원으로, 공훈체육인으로 자란 한 녀 교
원의 영예를 노래하였다.

사투리

애국심이란 추상적인 것이 아니다. 그것은 조국 강
토와 력사와 문화에 대한 사랑, 고향사람들과 친척 친
우들에 대한 애착, 그리고 부모 처자에 대한 애정과 고
향산천에 대한 그리움에서 구체적으로 표현된다. 그에

게 시인된 금선을 준 것은 자나깨나 잊지 못할 고향이다. 시인에게 있어서 고향은 첫 걸음마 뗀 곳이며 어린 시절 해 저문 고향집 뜨락에서 아들을 기다리던 어머니 모습이며 눈 내리던 아침에 운명 하신 어머니의 그 모습이기도 하였다.

《…내 나이 네살/한송이 두송이 눈내리던 아침/슬프게 나서 슬프게 살다/스물다섯의 애젊은 나이로 /나의 손잡고 운명하신 어머니//나 그날부터/나는 줄을 떠난 외기러기 신세/만리 이국에서/이제 다시 생각하는 어머니란 말/눈물속에 더듬는 어머니사랑(생략)》 (시 《어머니란 말》)

시인에게 있어서 고향은 샘처럼 마르지 않은 노래주머니였다. 시인은 새해 정월 초하루 날에, 꽃피는 봄날에, 단풍 진 가을날에, 눈 오는 겨울에도 고향 생각이 나서 붓을 들었다. 그는 산보하는 길에서 한떨기 꽃을 보아도, 휴일날 등산길에 올라 흰구름을 보아도 고향생각이 떠올라 그리움의 나래를 펼치며 글을 쓰고 또 써나갔다. 그럴 때면 형제들에 대한 그리움은 더욱 사무치기만 하였다.

《형님요!//죽으믄 구만 아잉기요/우야든지간에/오래오래 살아야 합니더 //(생략) //나에게 고향 사투리는 /가래 섞인 아버지의 음성/어머니 무쳐주신 씀바귀 저녁상/버들피리 꺾어 불던/정겨운 동무들의 웃음소리//그리고/이국풍상에 멍든 가슴을/쓰다듬어주

는 따스한 손길이고/꿈이 오가는 /동생과 나와의 그
리운 사자//오냐 동생아/오래오래 사마/그래 고향을
보기 전에/어떻게 죽을수 있겠노//동생아!》 (시 《사
투리》). 시 《사투리》는 그의 시의 백미이다.

동서고금 많은 시인들이 고향을 노래하였다. 그러
나 고향을 지척에 둔 시인에게 있어서 고향생각은 각
별하다. 그는 고향에 뿌리를 내리지 못하였으나 고
향에 정들고 고향을 노래한 재일 동포시인이다. 그
는 6.15 선언의 혜택으로 그 해 8월 제1차 총련 고향
방문단으로 63년만에 고향을 찾았다. 잠결에도 그려
보던 고향 방문의 길이다. 비행기로 2시간이면 가 닿
는 고향땅, 60년 간 고충 끝에 오른 고향에로의 길을
그는 《가깝고도 먼 길》이라 하였다. 63년만에 부모님
무덤 앞에 선 시인은 동생들을 부여안고 울음을 터뜨
렸다. 시인의 6박7일의 고향 방문은 수뇌자 두 분의
평양 상봉으로 이룩된 잊지 못할 나날이였다.

만년의 꿈

지구촌 최후의 분단국을 가진 우리 민족은 근대사상
최대의 비극인 분단과 고통의 진펄에서 헤여나지 못하
고 있다. 날이 가고 해가 가고 세기가 바뀌여 분단 력
사는 어언 70년이 된다. 북에 살건 남에 살건 그리고
해외에 살아도 조선의 넋을 지니고 통일 위해 참답게
살아야 애족애국의 주인으로 될 수 있는 것이다.

조국 방문 시, 군사분계선 앞에서 표말을 그러안고 입술을 깨물면서 한숨과 설움과 분노로 울던 시인은 외세 없는 땅에서 칠천만이 함께 살 그날을 그려보았다. 분계선 표말을 찍어 없애고 남북삼천리를 누구나 자유로히 오고 가는 그 념원은 그가 일관하게 추구해 온 시의 주제이다. 시인의 그 지향과 념원은 시집의 제목(념원, 낮잠 한번 자고 싶다)들에도 표현되었다. 그는 시 《만년의 꿈》에서 다음과 같이 읊었다.

《흐르는 강물같이/구름속에 달 가듯이/나는/그렇게는 안갈거야//밤을 우는 새같이/늦가을의 귀뚜리같이/나는/그렇게도 안갈거야//모처럼 태여나서/한평생/갈라진 조국땅의 흙먼지 덮어쓰고 /소리없이 울면서 갈수 있겠나//어차피 갈바엔/계선이 없는/저 북극의/백곰이 되여 갈테다//천고의 설원우/북두칠성 응시하는 밤/통일의 〈한일자〉 피로써 그려놓고/〈아리랑〉 부르며 내 갈테야》(시《만년의 꿈》).

시인은 제1차 북남 수뇌상봉(2000.6)이 이루어진 그때, 《…얼음 풀린 가슴속에/ 만경 창파 설렙니다 (시 《해빙기》》고 하였고, 2차 수뇌상봉 소식에 접해여서는(2007.10) 《…오늘은 아침부터 /가슴이 울렁인다// … /잠시도 진정을 못한다// …》(시《오늘 아침은》)고 썼다.

북남, 해외 작가들이 한데 모인 민족작가대회(평양, 2005.7)에 문예동 대표로 참가한 시인은 백두산

정에서 진행된 《통일 문학의 새벽》에서 시 《백두의 해돋이》를 지으면서 눈부신 해살을 받아 안고 통일된 삼천리가 바라보인다고 절절하게 노래하였다.

세계탁구선수권대회(일본.1991)에서 《코리아 녀자 팀》이 패권을 쥐었을 때 그는 물결치는 통일기발처럼 설레이는 마음을 진정시키지 못해 붓을 들었고, 민족의 숙원을 이룩하기 위해 한 생을 바친 문익환 목사를 《통일의 등불》이라 노래하고, 세계청년학생축전(1989)에 참가하기 위해 평양에 간 림수경을 《조선의 딸》이라 하였다. 무릇 지향과 념원이 간절할수록 그를 가로막는 자에 대한 치솟는 울분, 분노는 솟구친다. 사랑과 증오는 반비례한다. 그의 증오의 불길은 미제와 재일 조선인 탄압에 미쳐 날뛰는 일본 정부당국에 돌려 지기도 하였다.

그는 친구들에게 만년의 꿈을 실현하기 전에는 환갑 축하인사도 받을 수 없고 해방의 8.15 축배잔도 들 수는 없으니 통일된 그날에 《환갑상》을 받겠다, 《해방축하연》을 하자고 하였다. 예로부터 시인의 한 생은 인생 절반, 시 절반이라고 말한다. 그것은 시인에게 있어서 보는 것이 시이고 생각하는 것이 시이기 때문이다. 정화흠 시인은 죽으면 시퍼런 불길이 되여 분계선 철조망을 쪼박쪼박 삼키고 새파란 하늘이 열리게 하고 싶다고, 새파란 하늘이 열린 삼천리 강산을 죽어서도 넋이 되여 기어이 찾겠다고 노래하였다.

그는 온 겨레가 함께 살 그날을 그려보며 구순이 넘은 오늘도 애족의 붓대를 쥐고 있는 민족시인이다.

대학의 목련꽃

《세월의 굽이마다/이 꽃아래로 얼마나 많은 학생들이/모여들었습니까//이 꽃 바라보며/얼마나 많은 졸업생들이/정든 교문을 떠나갔습니까//이 봄도/졸업하는 학생들은 말할 것입니다/꽃가지 휘여잡고 볼을 비비며/다시 오마고/잘 있으라고/떠나도 언제나/너같이 순결하게 살겠노라고//황금에 오염된 이 땅에서/아름다움을 주고/슬기로움을 주고/기쁨과 희망과 꿈을 주는/너 목련꽃이여 …(이후 생략)》(시《대학의 목련꽃》)

애국의 대를 이을 새 세대들에 대한 축복의 노래이다. 이역 땅에서 청춘의 푸른 꿈을 안고 조선대학교(1956.4 창립)에서 배운 학생들은 1만 7천 명을 헤아린다. 세기가 바뀌여도 민족교육을 받은 3.4세들이 동포사회의 주인으로 나서고 있으니 애족 애국의 대는 꿋꿋이 이어지고 있다.

30대에 초중고급 조선학교에서 우리 글을 가르치고 50대에 조선대학에서 조선문학사를 가르친 시인은, 조선신보사가 주최하는 재일 조선학생들의 글짓기 현상모집인《꽃송이》현상모집 심사도 맡아 문학 후비들을 키웠다. 시《너희들의 고향은》은 민족교육을 받는 우리 학생들을 정겨운 눈길로 지켜보는 1세의 노래이다.

오랜 세월 애수와 비탄의 주제로 되여 있는 이국살이를 락천과 투쟁의 주제로 전환시킨 재일 조선 1세 작가들은 동포사회에서 문학이 노는 역할을 깊이 헤아려 우리말 창작에서 모범을 보이였다. 1세 시인들은 시가 창작을 통하여 조선 사람의 감정은 오직 조선말로써만 표현할 수 있으며 아무리 조건이 어렵다 해도 민족의 얼이 깃든 조선어를 고수하여야 한다는 것을 가르쳐주었다.

고유어를 기본으로 한 시가 창작, 향토색이 짙은 민족생활 화폭, 민요풍의 3.4.5조의 운률 조성은 정화흠의 시의 특징이다. 시인은 시는 늙은 육체, 늙은 손이 쓰는 것이 아니라, 시는 젊고 뜨거운 심장으로 쓴다는 것을 산모범으로 보여준 조선의 시인이다.

옛말에 대장부(大丈夫)의 뜻은 늙을수록 장해지고 굽힐수록 굳어진다 하였으니, 시인께서 노당익장(老堂益壮)이란 말대로 나이 들수록 더 왕성한 창작 활동으로 저희들을 이끌어주시기를 바랄 뿐이다. 만년의 꿈은 기어이 실현되리니 선생이시여 부디 옥체 건강하시라.

2014.6.28
손지원(조선대학교 교수)